DER RANCHER UND DIE FLÜCHTENDE BRAUT

DIE RANGER DER PURPLE HEART RANCH

SHANAE JOHNSON

Übersetzt von
THOMAS ROTH-BERGHOFER

»**A**ber wie können Sie so sicher sein, dass die Bohnen aus Caldas in Kolumbien stammen?« Lana Hunt lehnte sich über den Tresen und fesselte den Mann allein mit der Kraft ihres Blickes an den Platz, an dem er stand.

Der durchdringende Blick teilte ihrem Gegenüber mit, dass sie viel mehr sah, als dieser sie sehen lassen wollte. Der Blick war eine der wichtigen Gaben, die man als investigative Journalistin mitbringen musste. Quellen zu befragen und Leute dazu zu bringen, Informationen preiszugeben, ohne dass diese bemerkten, was sie alles ausplauderten, war eine hohe Kunst. Ein guter Reporter fragte deshalb nie geschlossene Fragen wie ›Sind das da Arabica-Bohnen?‹. Der Interviewte konnte dann nämlich nur mit Ja oder Nein antworten. Somit war der Kommunikationskanal geschlossen. Offene Fragen funktionierten viel besser, wie etwa ›Erzählen Sie mir etwas über die Bohnen‹ oder ›Können Sie mir sagen, wie sie in den Besitz gerade dieser Bohnen gekommen sind?‹. Auf diese Weise fühlt sich der Angesprochene verpflichtet, nicht nur sein Wissen zu offenbaren, sondern auch seine Meinung und seine Gefühle einzubringen.

»Mal eine andere Frage«, sagte Lana, noch bevor der verdutzte Barista die erste Frage beantworten konnte.

Sie beugte sich weiter über den Tresen und drehte den Ring an ihrem Finger. Mit dem Daumen schob sie den kleinen Diamanten wieder auf die Rückseite ihrer Hand. Mac, ihr Verlobter hatte ihr gesagt, dass sie dies immer dann tat, wenn sie über etwas nachgrübelte. Lana bezweifelte seine Beobachtung. Sie hatte den Ring nicht lange genug getragen, um sich so eine Gewohnheit anzueignen. Es waren erst drei Monate vergangen, seit Mac ihn ihr mit strahlendem Siegerlächeln an den Finger der linken Hand gesteckt hatte.

Der junge Mann hinter dem Tresen schaute gerade nicht so siegesgewiss drein. Schweißtropfen rannen über sein fleckiges Gesicht in seinen

Backenbart. Der Männerdutt hing schlaff herab. Der Barista spürte offensichtlich den Druck, denn er wich Lanas Blick aus und starrte stattdessen über ihre Schulter.

Fantastisch. Sie hatte ihn beinahe geknackt. Lana stützte beide Hände vor sich auf den Tresen. Sie neigte den Kopf zur Seite, bereit ihrer Beute den Todesstoß zu verpassen. Hartnäckigkeit war ein weiteres der Markenzeichen einer investigativen Journalistin.

»Ich weiß zufällig, dass wahre Arabica-Bohnen rötlich-violett gefärbt sind und süß wie Jasminblüten duften.«

Gutes Recherchieren gehörte ebenfalls zur investigativen Berichterstattung. Lana hatte ihr Thema ausgiebig studiert. Sie atmete ein, bereit, dem Mann ihr nächstes Argument entgegenzufeuern, als sie einen zarten Blumenduft wahrnahm. Jasminduft. Sie blickte auf die dunklen, fast purpurnen Bohnen vor ihr.

»Alles, was ich darüber weiß, habe ich von der Beschreibung auf der Seite der Verpackung«, sagte der backenbärtige Barista.

Lana erkannte hinter dem Tresen einen Behälter für Großküchen, auf dessen Seiten die Worte *Arabica-Bohnen* aufgedruckt waren. Was

Tatsachen anging, konnte sie diese kaum abstreiten.

»Na machen Sie schon, Lady«, sagte eine verärgerte Stimme hinter ihr. »Nehmen Sie Ihre Bestellung und gehen Sie. Einige hier müssen zur Arbeit.«

Lana berührte das Bezahlterminal mit der Kreditkarte. Sie verweigerte das Trinkgeld, das die Maschine von ihr haben wollte. Da der Barista ihr keinen Gefallen getan und keinen Aufhänger für einen Artikel geliefert hatte, würde sie ihm natürlich auch kein Trinkgeld geben. Sie nahm das Tablett mit den beiden Kaffeebechern und trat aus dem Coffee-shop in die warme Luft hinaus.

Lana musterte die Welt um sich herum. Sie mochte zwar nicht erhalten haben, was sie für eine Story über minderwertige Kaffeebohnen benötigte, aber sie sah überall das Potential für all die anderen Geschichten, die erzählt, und Storys, die enthüllt werden wollten.

Ein Mann kam mit einem verschlossenen Koffer aus einer Bank. Er sah nach links, nach rechts, packte dann den Koffer fester. Was, fragte Lana sich, war wohl in seinem Inneren verborgen?

Eine junge Mutter schob einen Kinderwagen Richtung Park. Sie hielt an, um einen trainierten Jogger vorbeizulassen, doch als der junge, athletische Typ an ihr vorbeilief, reckte sie den Hals über die Schulter, um ihm nachzuschauen. Gab es zuhause etwa Probleme?

Unglücklicherweise würden all diese potenziellen Storys noch ein Weilchen länger warten müssen, denn Lana war schon spät dran.

Sie eilte zu ihrem Wagen, stellte den Kaffee auf den Beifahrersitz und war zehn Minuten später – eine Minute war noch übrig – im Aufzug auf dem Weg in den dritten Stock des *ChatterZine*. In den Redaktionsräumen des Onlinemagazins tummelten sich geschäftige Leute. Rote Korrekturtinte von Lektoren floss über weiße Papierbögen. Das schneidende Geräusch von Scheren zerteilte die Luft. Bilder wurden geklebt und für das Layout arrangiert. Praktikantinnen und Praktikanten huschten und wuselten hin und her, überprüften Inhalte, kopierten Dokumente und holten Kaffee für die Reporter, denen sie zugeteilt waren.

Mit dem aromatischen Kaffee bewaffnet, machte sie sich auf den Weg zum Büro der Chefredakteurin des *ChatterZines*. Reyanna Murphy hob den Kopf nicht, als Lana die Tür öffnete. Zumindest so lange nicht, bis ihr der Duft von warmem Kaffee in die Nase stieg.

»Arabica-Bohnen?«

Lana nickte. »Ich habe die Quelle selbst überprüft.«

Reyanna nahm einen großen Schluck. Die dunkle Haut an ihrer Kehle, dessen Farbton dem der gerösteten Bohnen glich, die sie so liebte, bewegte sich in Wellen, als sie dem warmen Nektar huldigte. »Danke, Kindchen.«

Kindchen? Lana war kein Kind mehr. Sie war zweiundzwanzig, doch sie korrigierte ihre Chefin, die ihren Kaffee sichtlich genoss, natürlich nicht.

Initiative war eine weitere hochgeschätzte Fähigkeit investigativer Reporterinnen. Lana musste Reyanna nur dazu bringen, den Blick vom energiespendenden morgendlichen Heißgetränk zu lösen und das gleiche Arabica-Feuer in ihrer Praktikantin zu sehen.

»Sind Sie mit dem Faktencheck für Nichols Story durch?«, fragte Reyanna nach einem weiteren Schluck aus ihrem Kaffeebecher.

»Gestern Abend erledigt.«

Lana hatte dafür den ganzen Abend gebraucht, bis lange nach Dienstschluss. In Nichols' Story hatte sie einen Menge Fehler gefunden, sowohl inhaltliche als auch Rechtschreibfehler. Lana hatte den Artikel praktisch neu geschrieben. Sie wollte

Reyanna das gerne sagen, fürchtete aber, dass die Frau das längst wusste.

Warum also gab Reyanna Lana keine eigene Story und ließ sie stattdessen den Artikel eines anderen umschreiben?

»Andrew Rucker ist wieder draußen.« Reyanna seufzte und presste den Kaffeebecher an ihre Brust.

»Ich hoffe, es ist nichts Ernstes.« Lana wusste sehr wohl, dass der Mann mal wieder einen Rausch, der von verbotenen Substanzen herrührte, ausschlief und deshalb nicht einsatzfähig war.

»Ich versuche, etwas zu finden, womit ich sein Ressort füllen kann.«

Zum investigativen Journalismus gehörte auch eine gewisse Schonungslosigkeit. Das hier war Lanas Chance. »Ich habe eine Idee für einen Artikel.«

Reyanna musterte sie über den Rand ihres Kaffeebechers. »Sie sind beim Nachprüfen von Fakten ganz ausgezeichnet. Die Artikel von Nichols und Rucker sind jetzt ... straffer.«

Lana lächelte zurückhaltend, sagte aber nichts.

»Ja.« Reyanna nickte entschieden. »Ja, ich denke, Sie kriegen diesen Artikel hin.«

Lana sprang innerlich auf und ab. Nach außen blieb sie cool und setzte sich ihrem Boss gegenüber auf den Stuhl. Sie überlegte, welche Story sie vorschlagen sollte. Ein Enthüllungsbericht über Coffeeshops mochte zwar Reyannas Interesse wecken, doch Lana hatte keinen echten Ansatzpunkt. Vielleicht eine Recherche bezüglich der Sicherheit von Aktenkoffern? Oder sollte sie sich mit der Zufriedenheit junger Mütter in ihrer Rolle als Hausfrau und Ehefrau auseinandersetzen?

»Da gibt es eine Frau«, begann Reyanna. »Sie hat zwanzig Katzen und …«

»Sagen Sie's nicht«, sagte Lana. Sie zückte den Stift, den sie immer ins Haar steckte, und holte den Notizblock aus der Gesäßtasche. »Das Veterinäramt ist an der Sache dran.«

»Nein.« Reyanna schüttelte den Kopf. »Sie macht Kostüme für die Katzen.«

»Ach so, ich verstehe. Es geht also um Tierquälerei.«

»Nein, Lana. Das ist ein Rührstück über eine Katzenhalterin, die ihren Tieren lustige Kostüme anzieht.«

Lana ließ den Stift sinken, saß mit offenem Notizblock auf dem Schoß da und versuchte krampfhaft, sich vorzustellen, worin der Aufreißer der Story liegen könnte.

»Ich möchte, dass Sie zu ihr gehen und ihr ein

paar simple Fragen stellen. Machen Sie Fotos. Viele Fotos. Jeder liebt Katzenfotos.«

Ein Rührstück über kostümierte Katzen? Keine Enthüllungsgeschichte über die Verletzung von Vorschriften oder eine Abhandlung über das Elend der alternden alleinstehenden Frauen in der heutigen Zeit? Nicht einmal eine Stellungnahme, wie sich moderner Feminismus durch den Besitz einer Katze ausdrückte?

»Kriegen Sie das hin?«, fragte Reyanna.

»Ja.« Lana räusperte sich. »Ja. Ich kann das.«

»Wunderbar. Sie können am Freitag zu ihr gehen und sie interviewen.«

»Diesen Freitag?« Lana spielte mit dem Stift in der Hand und drehte den Ring am Finger. Der Diamant traf auf die Tinte des Stiftes.

»Ja. Wir brauchen den Artikel für die Wochenendausgabe.«

»Dieses Wochenende?« Lana drehte den Ring in die andere Richtung. Diesmal berührte der Edelstein den Rand des Notizblocks.

Reyanna hob den Blick. »Ist das ein Problem?«

Lana schob den Ring auf dem Finger hin und her, hinauf zum Knöchel und wieder zurück. Ja, sie hatte ein Problem, eine familiäre Verpflichtung am Samstag.

»Nein.« Sie schob den Ring mit dem Daumen zurück an seinen Platz. »Kein Problem. Ich habe da eine Familiensache. Aus der kann ich mich wahrscheinlich herauswinden. Oder den Termin verschieben.«

»Sehr schön. Ich zähle auf Sie.«

Mac würde nicht glücklich darüber sein. So viel stand fest. Aber er liebte sie. Genug, um sie zu heiraten. Sie würden den Rest ihres Lebens gemeinsam verbringen. Nein, er würde nicht sauer sein, wenn sich der Anfang ihrer gemeinsamen Ewigkeit ein Wochenende nach hinten verschob. Nicht, wenn es darum ging, ihrem Traumjob einen Schritt näher zu kommen.

KAPITEL ZWEI

Mac Kenzie betrachtete sich im großen Spiegel. Er sah blendend aus, wenn er das so sagen durfte, gut genug, um Frauenherzen zu brechen – wenn er es darauf anlegen würde. Der Smoking war sein Hochzeitsanzug.

Nicht dass er die Absicht hegte, Frauenherzen zu brechen. Mac hatte sich Hals über Kopf in Lana Hunt verliebt, gleich beim ersten Mal, als er sie gesehen hatte, gleich hier in seinem ehemaligen Kinderzimmer.

Mac wandte sich dem Fenster zu und sah hinaus. Genau genommen war es nur im Sommer sein Kinderzimmer gewesen. Er hatte als Kind selten lange an einem Ort gewohnt. Mac war das Kind eines Ehepaars, das zwei unterschiedlichen Armee-zweigen der US-Streitkräfte angehörte, und war von einem zum anderen Ort verfrachtet worden. Er hatte sogar ein paar Jahre auf einer Internatsschule verbracht, während seine Eltern ihren Dienst für ihr Land geleistet hatten.

Das Einzige, was damals etwas Normalität in sein Leben hineingebracht hatte, waren die Sommer gewesen, hier, im Haus seiner Großeltern. Seit er sechs gewesen war, hatte er hier jeden Sommer verbracht. Seine Verlobte Lana hatte dasselbe getan, war jeden Sommer zu ihren Großeltern gekommen, die gleich nebenan wohnten. Lanas Zimmer lag Macs direkt gegenüber.

Die Sonne war bereits untergegangen, die Nachbarschaft still und ruhig. Die Lampen in Lanas Schlafzimmer leuchteten an diesem Abend nicht. Sie machte wohl noch Überstunden. Mal wieder.

Mac seufzte und richtete seine Krawatte. Ihm war klar, dass er eine ambitionierte Frau heiratete. Er liebte das an Lana. Ihre Zielstrebigkeit. Er hatte Jahre gebraucht, um diese Zielstrebigkeit zu durch-brechen und von ihr jenseits von Zeitungsartikeln und Magazinkolumnen wahrgenommen zu werden. Noch viel mehr Zeit hatte er darauf verwenden müssen, von ihr nicht nur als Freund angesehen zu werden.

Nach endlosem Drängen und Machen, Reden und Zureden war es endlich soweit gewesen. Sie hatte ihn akzeptiert, und der Ring an ihrem Finger war der Beweis dafür. Er hatte nur fünf Mal fragen müssen. Und in ein paar Tagen würde sie für immer ihm gehören. Nicht nur während der Sommer, die sie gemeinsam verbracht hatten. Sie würden jeden Tag zusammen sein, für den Rest ihres Lebens.

Ohne Vorwarnung schoss eine Hand über die Fensterbank des offenen Fensters. Mac zuckte zurück. Aber nicht vor dem, was er sah. Das war er gewohnt. Seit ihrer Kindheit kletterte Lana gern für ein spätes Plauderstündchen durch sein Schlafzimmerfenster. Das war zur Angewohnheit geworden. Sie beide wählten selbst jetzt noch diesen Weg, anstatt die Vordertüren ihrer Häuser zu benutzen.

Dass Lana jedoch an genau diesem Abend und zu dieser späten Stunde noch in sein Zimmer kletterte, ließ seine schlimmsten Alpträume wahr werden.

»Lana. Nein.«

Mac schnappte sich hastig den Quilt, den sein Großvater gestrickt hatte, vom Fußende des Betts. Grandad war Air Force Pilot gewesen, aber mittlerweile im Ruhestand. Er hatte das Stricken als Hobby begonnen, um seine arthritischen Finger zu beschäftigen, und war nun sehr stolz auf seine Ergebnisse. Mac warf das aufwändige Kunstwerk über und bedeckte damit den Hochzeitsanzug, den er anhatte.

»Du darfst mich nicht so sehen!«

Leichtfüßig stieg Lana über die Fensterbank in den Raum. Sie trug dunkle Hosen und eine helle Bluse. Die Hosen waren von der Kletterei etwas verschmutzt, und die Bluse zeigte von der Anstrengung einen Hauch von Feuchtigkeit unter den Armen. Lana gehörte nicht zu den Frauen, die sich darum sorgten, ob ihre Kleidung schmutzig wurde. Kleidung war für sie nur eine Rüstung, ein Werkzeug, das ihr half, ihren Job zu erledigen.

Dunkle, blaue Augen verengten sich, als sie vor Mac zum Stehen kam. Sie schob die schwarzen Fransen aus ihrem kantigen Gesicht, um ihn anzusehen. »Ich darf dich nicht so sehen, heißt?«

»Ich habe den Hochzeitsanzug an.« Mac zog den Quilt fester um sich herum. »Es bedeutet Pech, wenn du mich darin siehst.«

Lana hob eine ihrer dunklen Augenbrauen. »Bezieht sich das nicht auf die Braut im Hochzeitskleid?«

Mac schürzte die Lippen, ließ den Quilt aber

nicht los. »Ich bin mir sicher, dass das für beide gleich gilt.«

»Das ist mir egal.« Lana trat einen Schritt auf ihn zu.

Mac wich zurück, was paradox war. Für mehr als die Hälfte seines Lebens war Mac dieser Frau nachgejagt und hatte versucht, sie zu fassen zu bekommen.

»Ich muss mit dir reden, Mac. Wenn der Anzug dich stört, zieh ihn halt aus.«

Bei diesem Vorschlag hob Mac eine Braue. Er hatte die letzten drei Monate damit verbracht, die Hochzeit vorzubereiten und dabei mehr als nur ein paar Stunden darauf verwendet, den Ablauf der Hochzeitsnacht minutiös zu planen. Er musste sich nur noch ein paar Tage gedulden, bevor er Lana im Hochzeitskleid sehen und ihr danach heraushelfen durfte.

Lana schnaufte, als ob sie die Richtung seiner Gedanken erahnte. Sie hatte ihm mehr als einmal vorgeworfen, nicht ernst genug an die ganze Sache heranzugehen. Sie lag allerdings falsch. Er nahm die Gelübde äußerst ernst.

Im Alter von sechs Jahren hatte Mac ihr geschworen, dass sie für immer beste Freunde sein würden. Mit zwölf, dass sein erster Kuss Lana gehören, und mit siebzehn, dass er sie heiraten würde.

Es hatte ein Weilchen gedauert, doch er hatte jeden einzelnen Schwur eingehalten. Nun fehlte nur noch das Gelübde, das er dafür vorbereitet hatte, wenn sie einmal zusammenziehen würden. Am Wochenende würde es so weit sein.

Aber vorher musste er sicherstellen, dass der perfekten Hochzeit, die er für sie vorgesehen hatte, nichts im Wege stand. Dazu gehörte, dass die Braut den Bräutigam nicht in seinem Hochzeitsanzug zu Gesicht bekam.

Mac machte eine kreisförmige Bewegung mit dem Zeigefinger, um Lana zu bedeuten, sich umzudrehen.

Mit einem hörbaren Schnaufen folgte sie seinem Wunsch und wandte ihm den Rücken zu. Das war der erste alarmierende Hinweis darauf, dass Lana etwas Ernstes mit ihm besprechen wollte. Lana tat sonst immer, was ihr beliebte. Sie war nun einmal eine Frau, die wusste, was sie wollte.

Mac grinste und legte Smokingjacke und -hemd ab. Im letzten Moment zog er ein Armeehemd aus der Zeit seiner Grundausbildung über. Jetzt, da die Frau seiner Träume endlich Ja gesagt hatte, würde er aus dem Militärdienst ausscheiden. Er hasste es, seine Freunde bei den Army Rangern zu verlassen, aber Lana hatte bei ihm immer höchste Priorität genossen.

Mac trat hinter seine Verlobte. Sie lehnte sich an ihn, als er sie umarmte. Er vergrub die Nase in ihrem Haar, und ein Gefühl der Richtigkeit überkam ihn.

»Wie war dein Tag im Büro, mein Schatz?«, fragte er.

»Gut.« Lana legte ihre Hand über seine. Mit dem Daumen der linken Hand spielte sie mit ihrem Verlobungsring. »Ich habe eine Story bekommen.«

Mac wirbelte sie herum. »Das ist ja fantastisch. Ich wusste, dass du es draufhast.«

Lana ließ sich an seine Brust ziehen. Sie schmiegte sich unter sein Kinn. Dieser Platz gehörte nur ihr, hatte er ihr gesagt.

»Es ist ein Rührstück. Aber es ist meine Chance.«

»Das machst du mit links.«

Mac schob sie von sich. Er betrachtete sie und sah ein Licht in ihren blauen Augen. Er küsste sie sanft und kostete von ihren bittersüßen Lippen. Kaffee und Sahne. Das war seine Reporterin.

»Ich nehme an, dass du in den Flitterwochen an der Story arbeiten wirst.« Mac seufzte und zog sie enger an sich. »Okay, aber nur ein paar Stunden. Ich will das meiste deiner Zeit und deiner Aufmerksamkeit für mich haben.«

»Wo wir gerade beim Thema sind …«

Lana wand sich aus der Umarmung und fingerte an ihrem Ring herum. Mac spürte ein unheilvolles Kribbeln über seine Wirbelsäule laufen. Lana drehte den Ring nur hin und her, wenn sie sich unsicher war, was jedes Mal der Fall gewesen war, wenn er sie etwas zu den Hochzeitsvorbereitungen gefragt hatte.

Lanas Unentschlossenheit und Desinteresse an den Hochzeitsvorbereitungen hatten Mac nie gestört. Er hatte sich gerne, ja geradezu begeistert alle Aufgaben zu eigen gemacht, die traditionell die Braut übernahm. Wenn man es genau betrachtete, war er ja derjenige gewesen, der von jenem Tag geträumt hatte, seit sie Kinder gewesen waren.

»Welches Thema?«, fragte Mac nach.

»Zum Thema Hochzeit …«

Das Kribbeln, das seine Wirbelsäule hinuntergewandert war, verwandelte sich nun in ein Kribbeln der Vorahnung. Mac glaubte nicht, dass Lana einen Rückzieher von der Hochzeit machen würde. Andererseits war er der Einzige gewesen, der geglaubt hatte, dass sie diesen Tag erleben würden. Seine

Freunde hatten erst vor wenigen Wochen Flugtickets gekauft, und seine Eltern hatten eine Urlaubsreise rund um jenes Datum eingeplant.

Für alle Fälle.

Lana hatte lange gebraucht, bis sie Ja zur Verlobung gesagt hatte. In den letzte beiden Jahren hatte Mac fünf Mal um ihre Hand angehalten. Zuvor hatte es drei Jahre gedauert, bis sie mit ihm ausgegangen war. Insofern war es besser geworden.

»Das Interview für meine Story ist für den Freitag geplant.« Lana schob den Ring bis zum Knöchel hoch.

»Für diesen Freitag? An unserem Hochzeitstag?«

Sie nickte und rieb den Ring an ihrem Finger. »Ich dachte, wir könnten die Zeremonie einfach ein paar Stunden nach hinten verschieben.«

»Du willst unsere Trauung nach hinten verschieben?«

Lana schob den Ring wieder zurück. »Ja. Sie könnte am Abend statt am Morgen stattfinden. Ich fahre dann mal schnell hin, führe das Interview und bin im Nu wieder zurück, um ›Ich will‹ zu sagen.«

In Macs Kopf schwirrte es, als er sie ansah. Sie hatte den Ring nicht abgenommen. Das sollte ihn beruhigen, tat es aber nicht. Was sein Blut zum Kochen brachte, war der Änderungswunsch.

Es war nicht das erste Mal, dass sie ihn gebeten hatte, das Datum zu verschieben. Jedes Mal war ihre Arbeit der Grund dafür gewesen. Sie hatte die meisten Planungstermine verpasst, weil sie sich entschieden hatte, länger im Büro zu bleiben oder der Spur einer Story zu folgen. Mac hatte ihr das nie übelgenommen.

Bis jetzt.

»Eine Hochzeit am Abend?« Mac versuchte, die Worte nicht auszuspeien. Der Geschmack der Worte lastete bitter auf seiner Zunge. »Ich habe eine Nachmittagszeremonie für uns organisiert. Der Raum ist gebucht. Die Band. Der Partyservice. Weißt du eigentlich, wie viele Leute wir eingeladen haben?«

Nur ein paar Dutzend aus der engsten Familie sowie Freunde. Mac hatte jede Einladung persönlich ausgesprochen. Lana hatte bis spät in die Nacht gearbeitet und die Inhalte einer Story über die Gefahren, die in den Fußbädern von Nagelstudios lauerten, geprüft.

»Ich habe dir gesagt, du sollst nicht so viel Aufwand treiben«, sagte sie. »Du bist derjenige, der eine große Hochzeit wollte. Wir hätten schon vor Monaten nach Vegas gehen und es hinter uns bringen können.«

»Hinter uns bringen?« Mac verschluckte sich beinahe. »Ich habe das alles für dich geplant.«

»Nein. Du hast das für dich getan«, sagte sie. »Was für einen Unterschied macht es, wann und wo wir getraut werden?«

»Jeden Unterschied. Wir haben das geplant.«

»Nein. *Du* hast das geplant. Du wolltest purpur- und pinkfarbene …«

»Pflaumenfarben und mittelrosa.«

»Und die Rosen …«

»Flieder, keine Rosen.«

»Und Hunderte von Gästen.«

»Es sind nur achtundsiebzig. Und das auch nur, weil deine Großmutter darauf bestand, die Wallaces die Straße runter einzuladen.«

Lana schnaufte. Mit geballten Fäusten funkelte sie ihn an. Sie drehte zwar den Verlobungsring nicht hin und her, aber das war auch gar nicht nötig, um ihre Gefühle zu interpretieren.

»Mac, diese Story ist mir wichtig.«

»Lana. Unsere Hochzeit, der Beginn unseres gemeinsamen Lebens, das ist *mir* wichtig.«

»Unser gemeinsames Leben begann doch schon vor vielen Jahren. Was für einen Unterschied macht da ein Tag aus?«

Was für einen Unterschied?

Der Raum begann, sich zu drehen. Mac machte einen Schritt rückwärts. Er brauchte irgendetwas als Stütze. Hatte sie das eben wirklich gesagt?

Er hatte immer gewusst, dass sie keine typische Frau war. Sie konzentrierte sich einzig und allein auf ihre Karriereziele. Sie hatte sich bisher allerdings auch immer Zeit für ihn genommen. Jetzt aber, als er sie am meisten brauchte, wollte sie ihren Hochzeitstag verschieben?

»Schau mal.« Lana seufzte. »Warum brennen wir nicht einfach durch, wenn ich die Story abgeschlossen habe?«

»Durchbre…« Mac würgte. Er konnte das Wort nicht einmal ganz aussprechen.

»Ist es nicht am wichtigsten, *dass* wir heiraten werden? Ich frage doch nur nach ein bisschen mehr Zeit.«

Mac schüttelte den Kopf. »Wenn wir das jetzt verschieben, kommt nächste Woche irgendetwas anderes. Eine andere Story. Eine andere Ausrede. Entweder du willst dein Leben mit mir verbringen oder eben nicht.«

»Ich will das. Ich verstehe nur nicht, warum ich nicht beides, eine Karriere und einen Ehemann haben kann.«

»Und ich verstehe nicht, warum ich keine

Ehefrau haben kann, für die ich wichtiger bin als ihre Karriere.«

In dem Moment, in dem die Worte seine Lippen verließen, wusste er, dass er sie bereuen sollte. Doch er tat es nicht. Er hatte ihr Glück immer über seine eigene Karriere gestellt. Er hatte sich ein Bein ausgerissen, um ihren Wünschen entgegenzukommen. Er hatte alle Entscheidungen für diese Hochzeit getroffen. Es war nun nur vernünftig, auf dem Datum zu beharren.

Lana verdrehte wieder den Ring an ihrem Finger. Der Ring wand sich daran nach oben, wie der Deckel einer Flasche, der schnell aufgedreht wurde. Der Ring erreichte den Knöchel. Auch im schlimmsten Streit hatte sie ihn nie über den Knöchel hinausbewegt.

Mac hielt den Atem an, als der Ring auf dem Gelenk saß.

Lana ballte die Hand zur Faust. Der Ring glitt wieder zurück. Doch, bevor Mac ausatmen konnte, drehte sich Lana von ihm weg. Sie ging zum offenen Fenster.

»Ich liebe dich«, sagte er, bevor sie das Bein darüber schwang.

Lana wandte sich zu ihm um. »Ich liebe dich.«

Das war immer der Zeitpunkt, an dem er klein

beigab und allem zustimmte, was sie von ihm verlangte. Doch diesmal würde er nicht einlenken. Entweder begann ihr gemeinsames Leben an diesem Freitag, oder sie würden sich trennen.

Sie starrten sich lange an. Keiner gab nach. Schließlich schob Lana ihr Bein über den Fenstersims.

Mac fühlte seinen Widerstand schmelzen, doch in der letzten Sekunde straffte er den Rücken. »Ich werde Freitagnachmittag auf dich an der Kirche warten.«

Lana verdrehte den Ring so weit, bis der Diamant in ihrer Faust verschwand. Dann kletterte sie aus dem Fenster.

KAPITEL DREI

*N**eun Monate später*

Lana fuhr mit dem Aufzug hinauf zu den *ChatterZine* Redaktionsräumen. Wie jeden Morgen – die Wochenenden eingeschlossen – brachte sie sich Kaffee mit. Jetzt nur noch einen Becher, denn Reyanna hatte nach ihr eine ganze Reihe von blauäugigen Praktikanten verschlissen, deren Eifer jeweils innerhalb weniger Wochen unter der fordernden Chefredakteurin verflogen war.

Kaffee in der Hand. Check. Stift im Haarknoten. Check. Notizblock in der Gesäßtasche. Check.

Mit entschlossenen Schritten ging Lana zu ihrem Schreibtisch. Auf dem Weg dorthin wich sie geschickt den Reportern und Fotografen aus, die durch das Büro hasteten. Wie immer, floss jede Menge rote Tinte, mit der schwarze Buchstaben auf blütenweißem Papier durchgestrichen wurden. Scheren machten kurzen Prozess mit Fotografien und Illustrationen, um das Layout des Tages wie ein Puzzle zusammenzustellen. Eine Gruppe von Praktikanten stand, im Gegensatz zu Lana in ihrem ersten Jahr, an der Peripherie herum und blickte mit Furcht in den Augen auf den täglichen Wahnsinn im Großraumbüro. Immerhin zwei der Praktikanten könnten es in dieser rasanten, unerbittlichen und unbarmherzigen Welt des Online-Journalismus schaffen. Die anderen würden einen Schritt zurück in die Welt des Drucks machen müssen.

Lana atmete dies alles ein. Das war ihre Welt. Sie war in ihrem Element.

Warum also füllten sich ihre Lungen nicht?

Wahrscheinlich, weil jeder in der Welt des Online-Journalismus andauernd außer Atem war. In der Welt der Nachrichten bewegte sich das Leben rasant. Um zu bestehen, hatte Lana flink genug sein müssen, um aktuelle Neuigkeiten einzufangen. Also eilte Lana schnell an ihren Platz.

Um sie herum klapperten die Tastaturen der

Kollegen. Lanas Lieblingsgeräusch, das Geräusch, wie aus Notizen Storys gemacht wurden.

Joe Grist, der politische Berichterstatter, hämmerte auf die Tasten als wären seine Finger Presslufthämmer und die Tastatur Beton. Mary James, zuständig für Mode, hatte die Angewohnheit entwickelt, zerknülltes Papier aus der Recyclingtonne zu holen, während sie am Kopierer wartete, und nachzuschauen, was andere weggeworfen hatten.

Dann war da noch die jüngste Gruppe der Praktikanten, die immer noch unschlüssig am Rande des Raumes herumstanden. Die Frischlinge erinnerten Lana an den alten Film mit den drei Stooges, in dem diese sich einen Schritt nach vorne wagten, übereinander stolperten und gegeneinander fielen und dabei die Fakten ihrer Geschichten durcheinanderwarfen.

Lana zog ihre Tastatur zu sich heran. Sie wies den Praktikanten keine Story zu, da sie keine Zeit für doppelte Arbeit hatte.

»Kommen Sie mit uns zur Happy Hour?« Warren Blake lehnte sich über die Trennwand ihrer Box. Der Sportberichterstatter sah gut aus.

Die meisten Frauen im Büro vergötterten ihn. Er hatte allerdings sie ausgewählt, obwohl sie ihn kein bisschen dazu ermutigte. Er schien sie wie einen Ball in der Luft zu betrachten, der darauf wartete, von ihm gefangen zu werden.

»Ich kann nicht. Ich muss noch eine Story fertigstellen.« Lana wies auf den Bildschirm, auf dem der bereits fertiggestellte Artikel dieser Woche zu sehen war.

»Ich bin überrascht, dass Ihr Verlobter Sie nie im Büro besucht und hinauszerrt.«

Lana verdrehte den Verlobungsring an ihrem Finger. »Er ist beschäftigt.«

»Zu beschäftigt, um nach seiner Frau zu sehen?«

»Er kann es nicht. Er ist im Ausland. Er ist ein Army Ranger.«

»Ein amerikanischer Held?« Warren hob eine Augenbraue, als sei er beeindruckt. »Gut gemacht.«

Lana nickte. Mac war ein Held. Und er war nett, im Gegensatz zu Warren, der ständig Frauen anmachte, die ganz offensichtlich nicht verfügbar waren.

Nun ja, technisch gesehen, war sie nicht verfügbar. Sie war zwar nicht zur Trauung erschienen, hatte aber weder die Verlobung gelöst noch den Ring zurückgegeben. Letzteres hatte sie nicht einmal in Erwägung gezogen. Sie wollte Mac Kenzie noch immer heiraten.

Irgendwann einmal.

Dazu würde sie vermutlich mit ihm sprechen müssen. Um einen Termin festzulegen oder herauszufinden, ob dieser Tag jemals kommen würde.

Mac war im letzten Herbst zur Army zurückgekehrt, nur wenige Wochen nach der geplatzten Hochzeit. Lana hatte das ganze Jahr nichts von ihm gehört. Seitdem sie das letzte Mal aus seinem Schlafzimmerfenster geklettert war.

»Ich hoffe, er weiß, dass er sich glücklich schätzen darf«, sagte Warren. »Wenn Sie mir gehören würden, würde ich mich von der Arbeit verdrücken und Sie in der Mittagspause und zur Happy Hour treffen.«

Lana erwiderte nichts. Sie verdrehte den Ring an ihrem Finger. Der Ring tröstete sie in den Nächten, in denen sie nicht in Macs Armen lag. Wenn sie nicht sein strahlendes Lächeln sah oder seine Wärme spürte und er sie an sich drückte. Oder wenn das tiefe Vibrieren seines Lachens, das ihren ganzen Körper zum Beben brachte, in sie hineinsickerte und sie ebenfalls zum Lachen brachte.

Sie hatte getan, was sie getan hatte. Punkt. Sie bedauerte nichts. Zumindest sagte sie sich das jede Nacht, wenn sie alleine zu Hause war.

Sie hatte schon immer von dieser Karriere

geträumt. Sie wollte Storys nachjagen, Informationen aus Leuten herauskitzeln und diese Beweise zu wunderschöner Prosa verarbeiten.

Okay, die Story, an der sie gerade arbeitete, würde ihr nicht den Pulitzer Preis einbringen, doch sie stieg weiter zur Spitze auf. Sie hatte mit Geschichten über Katzen angefangen, war zu Hunden gewechselt, und jetzt schrieb sie sogar Artikel über Menschen.

In ihrer letzten Story hatte sie von einem Mann berichtet, der den Rekord über die längsten Fußnägel der Welt hielt – und von seiner nächtlichen Reinigungsprozedur. Lana war stolz darauf gewesen, ihren Mageninhalt bei sich behalten zu haben, als sie den Mann interviewt hatte. Sie hatte den Artikel mit links geschrieben und war sich sicher, dass noch mehr solche knallharten Aufträge auf sie warteten.

»Hunt. Zu mir.«

Lanas rechtes Auge zuckte beim Tonfall ihrer Chefin. Sie trank einen kräftigen Schluck von ihrem Kaffee. Das heiße Gebräu wärmte ihren Magen und verschaffte ihr den Energieschub, den sie für den vor ihr liegenden Tag benötigte. Sie erhob sich und ging zum Büro, in dessen Tür ihr ein Praktikant entgegenkam, der ein wenig grün um die Nase wirkte.

»Nichols fällt wegen Krankheit aus«, begann Reyanna ohne Umschweife.

Zu dumm für den armen alten Nichols, aber hervorragend für Lana. Nichols Aufträge zu übernehmen, war, was sie brauchte, um in der Hierarchie des *ChatterZines* weiter aufzusteigen. Auch wenn Lana sich immer mal wieder darüber wunderte, dass ihr Boss den Mann behielt, obwohl er selten seinen Job erledigte.

»Sind Sie mit dem Fußnagelmann fertig?«

»Natürlich«, sagte Lana. Sie zückte den Stift aus dem Haarknoten und den Notizblock aus der Gesäßtasche. »Der Artikel ist in Ihrer Inbox.«

Reyanna ließ ein seltenes Grinsen aufblitzen. »Ich kann mich immer auf Sie verlassen.«

»Um welche Story geht es?«

»In Montana gibt es anscheinend eine Ranch, wo Männer reihenweise Frauen heiraten.« Reyanna ließ sich zurücksinken und verschränkte die Hände auf dem flachen Bauch. Das Wort *Heirat* hatte die Frau sichtlich schaudern lassen. »Die Frauen werden moderne Goldrauschbräute genannt.« Auch bei *Bräute* krümmte sie sich.

Reyanna war unverheiratet und ungebunden. Wenn Lana am Morgen eintraf, war ihre Chefin immer bereits im Büro, und sie war noch an ihrem Schreibtisch, wenn Lana als Letzte die Redaktion verließ. An den vielen Wochenenden, an denen Lana im letzten Jahr hergekommen war, hatte sie Reyanna ebenfalls hinter ihrem Schreibtisch angetroffen und an ihrem Computer werkeln sehen. Kein Wunder, dass dieser Frau die Vorstellung einer Beziehung fremd war.

»Sie denken, dass es sich um eine Sekte handelt?«, fragte Lana.

»Ein Kult oder ein Schwindel.« Reyanna zuckte mit den Achseln. »Ich hörte, dass es etwas mit dem Landbesitz zu tun hat. Vielleicht Regierungsbürokratie? Der interessante Aspekt ist allerdings der: Alle Männer sind Soldaten.«

Lanas Stift kratzte quer über das Papier und hinterließ eine gezackte Linie auf dem Knie ihrer Hose. Sie musste ein paarmal schlucken, bevor sie weitersprechen konnte. »Welche Streitkräfte?«

»Alle, denke ich. Die Ranch ist eine Reha-Einrichtung für verwundete Veteranen.«

Lana stieß den angehaltenen Atem aus. Mac würde nicht dort sein. Er war weder verwundet noch ein Veteran. Er würde nicht vor dem Sommer Zivilist werden.

In den letzten zehn Jahren hatte sie sich jeden

Sommer in den Häusern ihrer Großeltern getroffen. Entweder würde sie durch sein Schlafzimmerfenster klettern, wenn er zuerst dort ankam, oder umgekehrt.

Lana hatte geplant, sich in ein paar Monaten einige Tage freizunehmen, um ihre Großeltern zu besuchen, wenn die Temperaturen stiegen und die Strände geöffnet wurden. Wenn sie dann in einer kühlen Sommernacht das Fenster unverschlossen lassen würde und ein strammer Soldat in ihr Zimmer klettern wollte, würde sie ihn nicht aufhalten.

Außer er kam nicht zurück. Außer es war wirklich aus zwischen ihnen, was durchaus möglich war.

Mac war ihr viele Jahre lang nachgelaufen. Er hatte manchmal etwas Abstand gehalten, aber nie klein beigegeben. Er hatte nie aufgegeben, wenn sie ihn zurechtgewiesen oder versucht hatte, seine Avancen herunterzuspielen. Er hatte dann nur immer spitzbübisch gegrinst und einfach einen neuen Versuch unternommen.

Was anstrengend war.

Und was der Grund dafür gewesen war, die Hochzeit platzen zu lassen.

Sie hatte Mac geliebt – nein, sie *liebte* Mac. Er war nur so furchtbar versessen darauf, seinen

Willen durchzusetzen und sie dabei mit sich zu zerren.

Aber was war, wenn er keine neuen Versuche mehr unternahm? Was, wenn er sich abgewandt hatte und nun in eine andere Richtung ging? Vielleicht hatte er bereits jemand anderen gefunden, eine Frau, die eine große Hochzeitsfeier haben wollte, die zu Hause bleiben und glückliche Hausfrau spielen wollte?

Lana hasste diese Frau.

»Hunt? Wollen Sie die Heirate-einen-Soldaten-Story oder nicht?«

»Okay«. Lana seufzte. »Ja, ich will.«

KAPITEL VIER

Am späten Morgen hob Mac Kenzie den Kopf und blickte über die weite Landschaft Montanas. Der blaue Himmel verschmolz in der Ferne mit den grünen Weiden. Die braunen Flecken hier und da waren die Rinder der Vance Ranch, seinem derzeitigen Zuhause.

Der Dachboden im dritten Stock des Haupthauses war brütend warm, doch Mac war Schlimmeres gewohnt. Er tauschte die Wüsten Afghanistans oder die syrischen Bergregionen liebend gern gegen einen engen, feuchtwarmen Dachboden ein.

Mac atmete die frische Luft ein und musste prompt husten, als Staub in seine Nase geriet, den der neue Bulle der Vance Ranch in seinem Gehege wie verrückt lostrat. Was kein Wunder war. Das Tier hatte einen Blick auf die Färsen geworfen, mit denen er schon bald ein Gehege teilen würde. Und er war mehr als bereit für sein Speed-Dating-Abenteuer. Der alte Bulle saß hingegen mit gesenktem Kopf auf der Erde. Er war größer als der Neue, aber er hatte einen heftigen Schlag abbekommen, der ihn niedergeworfen hatte. Das verletzte Tier hob den Kopf, um seinen Ersatz zu betrachten, und ließ ihn dann niedergeschlagen wieder sinken.

Mac konnte das nachvollziehen. Auch er war in seiner Beziehung ersetzt worden. Durch etwas, das er nicht besser fand, etwas viel Kleineres, das nicht einmal zur selben Spezies gehörte. Die Liebe seines Lebens hatte ihn für ihre Karriere sitzen lassen.

Der verletzte Bulle jammerte leise vor sich hin, als wollte er Mac sein Mitleid kundtun. Mitfühlend lehnte Mac sich gegen den Zaun. Es war bereits ein Jahr vergangen, und er konnte es noch immer kaum glauben. Er arbeitete auf dieser Rinderfarm, während Lana vermutlich irgendwelchen Storys hinterherjagte, um sie in Druckerschwärze zu bannen. Oder mit digitaler Tinte. Oder was auch immer. Keine Ahnung. Was Mac allerdings wusste, war, dass er der Liebe seines Lebens viele Jahre unablässig nachgejagt war, und trotzdem war sie ihm entschlüpft.

Mac trat einen Schritt zurück, als Brenda das Gatter öffnete, um den neuen Bullen in das Gehege der Färsen zu lassen. Die Jungkühe bewegten sich schnell auseinander und beeilten sich, dem spitzen Bullen aus dem Weg zu gehen. Sie mochten an ihm interessiert sein, wollten aber nicht so schnell von ihm eingefangen werden.

Der verletzte Bulle seufzte erneut. Die Tierärztin hatte ihnen gesagt, dass Rinder viel Schmerz aushalten konnten, viel mehr als ein Mensch.

Mac verstand auch das. Er trug meistens ein Lächeln im Gesicht, obwohl er sich fühlte, als ob sein Herz von einem Feuer umlodert wurde, das bei jedem weiteren Atemzug zusätzlich angefacht wurde.

Der verletzte Bulle würde genesen. Er brauchte nur etwas Zeit. Dann konnte er zurück an die Arbeit und die Färsen im nächsten Jahr umwerben.

So sah auch Macs Plan aus, und das war beileibe kein neuer. Den größten Teil seines Lebens hatte er nur im Sommer Zeit mit Lana verbringen können. Am letzten Sommertag waren sie auseinander gegangen, und er hatte sein Werben erst im folgenden Juni wiederaufnehmen können.

Neun Monate waren seit Macs Hochzeitstag vergangen. Es war nun Frühling. In ein paar Monaten würde er sich auf die Suche nach Lana machen und versuchen, sie zurückzugewinnen.

Es war ganz egal, wie lange das dauerte. Lana war die einzige Frau, die ihn interessierte. Er hatte ihr Zeit für ihre Karriere gelassen. Sie musste ihn mittlerweile vermissen. Wenn sie wieder weglief, würde er ihr noch ein wenig mehr Zeit geben, doch er würde nicht aufgeben. Niemals.

Ein Truck fuhr heran und holte Mac aus seinen Tagträumen. Als er sah, wer die drei Männer im Wagen waren, stieß er sich vom Zaun ab und eilte hinüber.

»Endlich!« Mac stieß einen Freudenschrei aus.

David Porco war der Erste, der aus dem Truck stieg. Er hüpfte zu Mac wie ein Hündchen, das zu lange eingeschlossen gewesen war. Eine passende Beschreibung für den Mann mit der zotteligen Mähne und den großen, dunklen Augen.

»Mackenzie«, johlte Porco und umarmte Mac stürmisch.

Mac hieß die enthusiastische Begrüßung willkommen. Er war jedoch froh, dass die Begrüßung nicht mit dem Ablecken seines Gesichts endete.

Jordan Spinelli stieg als nächster aus. Er reichte

Mac mit einem klugen Lächeln und einem Nicken die Hand. Spinelli war der Gelehrte in ihrem Haufen, der seinen Kopf so gut wie immer in taktischen Büchern vergrub.

Russel Hook kam von der Fahrerseite um den Truck herum. Rusty war der Älteste ihres Haufens, wenn es auch nur wenige Jahre mehr waren. Das Grau in seinen Haaren war eher dem Stress als der Zeit geschuldet.

»Wir haben zuerst auf der Purple Heart Ranch haltgemacht«, sagte Rusty, nachdem er Mac auf die Schultern geklopft hatte. »Sie haben uns hierhergeschickt. Haben wir etwa den Besitz gewechselt?«

»Ist 'ne lange Geschichte«, sagte Mac.

»Ihr drei wart nur zwei Wochen hier«, sagte Porco. »Wir hörten, dass Glückwünsche angebracht sind. Ihr seid verheiratet?«

»Ich nicht.« Mac hob die Hände. »Aber Keaton und Grizz.«

»Es stimmt also, was man sich über die Purple Heart Ranch erzählt?«, fragte Spinelli. »Soldaten kommen hier raus und heiraten?«

Der Mann sah sich dabei um, als würden gleich unverheiratete Frauen in Hochzeitskleidern hinter den Büschen hervorspringen und sich auf ihn stürzen. Es waren schon verrücktere Sachen passiert.

Ihr Anführer Anthony Keaton hatte am selben Tag geheiratet, an dem er hier angekommen war.

Mac erzählte die Geschichte, wie der alte Bulle Keatons Truck bei dessen Ankunft gerammt hatte. Auch wenn der Bulle noch unter seinen Verletzungen litt, hatte er immerhin Vernunft in Keatons Schädel gedroschen. Keaton hatte aufgeschaut und Brenda Vance auf ihrem Pferd heranreiten sehen. Damit war es um ihn geschehen gewesen. Die zwei hatten geheiratet, damit sie ihm das Land geben konnte, das die sechs Freunde für ihr Trainingscamp brauchten. Doch Keaton hatte der Rancherin auch sein Herz geschenkt.

Ein paar Tage später war Keatons kleine Schwester aufgetaucht. Grizz hatte versucht, seine Gefühle für Patricia Keaton zu verdrängen, seit die junge Frau volljährig geworden war. Aber nur wenige Tage später hatte Patty ihre Klauen endgültig in Grizz geschlagen und ihn geheiratet.

Jetzt müsste nur noch Lana hier auftauchen. Das würde alle von Macs Problemen lösen.

»Ich bleibe auf keinen Fall hier«, sagte Spinelli. »Ich bin zu jung für eine Fußfessel.«

»Du bist eine Fußfessel«, meinte Porco und schlug Spinelli fest auf die Schulter.

»Zumindest musst *du* dir keine Sorgen machen, Rusty. Du bist ja schon verheiratet.«

Spinelli hatte eine Gabe dafür, das Falsche zu sagen und das auch noch zur falschen Zeit. Es war nicht so, dass er unsensibel war, doch sein Gehirn war meist so mit großen und komplexen Problemen beschäftigt, dass er den Gefühlen der Leute nicht genügend Beachtung schenkte.

Rusty seufzte leise. »Nicht mehr lange.«

Keiner sagte etwas. Sie wussten alle, dass die Scheidungspapiere für Rusty und seine getrenntlebende Frau in Arbeit waren. Sie waren bereits unterschrieben. Es fehlte nur noch Rustys Unterschrift.

»Kommt mit und lernt meine neue Familie kennen«, sagte Mac, um das Schweigen zu brechen.

Die vier Männer umrundeten das Gehege, wo Keaton und Brenda ein Auge auf den neuen Bullen hatten. Keaton hatte den Arm um seine Frau gelegt. Patty und Grizz standen in einer engen Umarmung daneben.

Als die zwei Männer ihre Army-Brüder erblickten, rissen sie sich von ihren Frauen los und kamen mit offenen Armen auf die Freunde zu. Begrüßungen wurden ausgetauscht und Rücken geklopft, Schläge ausgeteilt, unterlaufen und erwidert.

»Wir müssen euch rüber zum Trainingscamp bringen und euch zeigen, was wir schon alles getan haben.« Keatons normalerweise zurückhaltender Tonfall wich Begeisterung.

»Ich habe gehört, dass du deinen verrückten Zeitplan entzerrt hast«, sagte Porco. »Danke Brenda.«

»Wir helfen dafür Bren auf der Ranch aus«, sagte Keaton. »Und jetzt fordert meine Mutter eine Hochzeit für beide Kinder.«

»Keine Sorge«, sagte Mac. »Ich kann mit dem Hochzeitskram helfen.«

Die Männer drehten sich zu ihm um und starrten ihn an. Auch die Frauen, Brenda mit Erleichterung in den grünen Augen und Patty mit Zweifeln in ihren blauen Augen.

»Was ist? Meine Großmutter war Hochzeitsplanerin. Außerdem bin ich ein evolutionär weiterentwickelter Mann. Kommt schon, Ladys.«

Eine Doppelhochzeit zu planen, war genau das, was Mac jetzt brauchte, um sich von seiner eigenen, fehlgeschlagenen Hochzeit abzulenken und auch von der Planung und dem Hoffen auf das, was der Sommer bringen mochte.

KAPITEL FÜNF

ana trank den letzten Schluck ihres lauwarmen Kaffees, als sie mit dem Auto vor dem Tor der weitläufigen Ranch anhielt. Einen Moment lang bezweifelte sie, am richtigen Ort gelandet zu sein. Bellflower Ranch stand auf dem Zeichen, einem beeindruckenden Stück Schmiedekunst, in dessen Mitte eine Blume mit hängenden Blütenblättern in einem verblassten Purpurton saß.

Lana brauchte ihre Fähigkeiten als investigative Journalistin nicht einzusetzen, um zu erkennen, dass die Glockenblume und die Purple Heart Insignien ein und dasselbe waren. Ihre Mutter war bei der Air Force gewesen, der Grund für Lanas Sommeraufenthalte bei den Großeltern. Ihre Mutter war oft irgendwo im Einsatz und Lana den Rest des Jahres auf einer Internatsschule für Mädchen gewesen.

Ethan Hunt hatte ebenfalls in der Air Force gedient, war aber im Kampf gefallen, als Lana noch ziemlich jung gewesen war. Daher kannte sie die Insignien. Der Orden hing am Portrait ihres Vaters in der Diele ihrer Großeltern.

Veronica Hunt hatte sich nach dem Tod ihres Mannes in Arbeit vergraben. Lanas Mutter war eine der ersten Kampfpilotinnen gewesen und flog bis zum heutigen Tag. Das letzte Mal hatte Lana von Lt. Colonel Hunt gehört, als ihre Mutter ein Thunderbolt-Erdkampfflugzeug in einer Region bestiegen hatte, deren Position sie nicht hatte preisgeben dürfen. Immerhin hatte sie sich die Zeit genommen, ihre Tochter anzurufen.

Lana fuhr durch das offene Tor der Purple Heart Ranch und erblickte Männer auf Pferden, Männer, die sich ums Vieh kümmerten und Männer, die spazieren gingen und miteinander redeten. Keiner trug Uniform, aber Lana wusste sofort, dass jeder von ihnen gedient hatte. Es lag an ihrem aufrechten Gang und wie sie sich mit hoch erhobenen Köpfen und zurückgenommenen Schultern bewegten, an der Wachsamkeit in ihren

Blicken. Die Soldaten waren sorglos, aber alarmbereit.

Genauso hatte Mac immer auf Lana gewirkt. Wachsam und ständig bereit, selbst wenn er ungezwungen lächelte und sich entspannt gab. Wenn sie mit Mac zusammen gewesen war, hatte Lana nie auch nur einen Moment der Furcht oder Unsicherheit erlebt. Sie war sich immer sicher gewesen, dass er, was auch immer auf sie zukommen mochte, bewältigen konnte und dabei sicherstellen würde, dass ihr nichts passierte.

Lana schob den Schwall warmer Gefühle beiseite. Sie hatte einen Job zu erledigen. Die Gedanken an Mac waren für die Momente kurz vor dem Einschlafen reserviert, wenn sie ihren Gedanken an ihn in ihren Träumen freien Lauf ließ. Gedanken darüber, wie ihr Leben hätte aussehen können, wenn sie an ihrem Hochzeitstag aufgetaucht wäre. Gedanken an faule Sonntagnachmittage, an denen sie in seinen Armen lag, den Kopf auf seine Brust gebettet, während er sie mit seinem Lachen ansteckte. Gedanken darüber, wie ihre Kinder aussehen würden, wenn sie damals die Hochzeitsnacht vollzogen hätten.

Erneut gab sie sich einen Ruck und erinnerte sich daran, dass sie wach war. In den wachen

Stunden hatte sie zu arbeiten, eine Story zu schreiben und nicht irgendwelchen Fantasien nachzuhängen.

Lana parkte den Mietwagen vor dem Haupthaus der Ranch und stieg aus. Sie strich mit der Hand über ihre dunkle Hose und die marineblaue Bluse. Sie hatte bewusst unauffällige Kleidung gewählt. Die Leute sollten glauben, dass sie eine gewöhnliche Soldatenfrau war und keine Reporterin auf der Suche nach einer neuen Story.

Yep. Lana ging undercover.

Um den Look zu vervollständigen, zog sie ihren Stift aus den Haaren und ließ auch den Notizblock im Auto liegen. Sie hasste es, ihr Waffenarsenal zurückzulassen, doch ihr Verstand war scharf genug, um die Details der Unterhaltungen, die sie führen würde, zu behalten. Ohne Papier und Bleistift würde sie allerdings ungern Zitate im Artikel verwenden.

Das Lügen gehörte zu den weniger schönen Seiten ihres Berufs, aber ab und zu waren Lügen nun einmal notwendig. Sie hatte zuvor versucht, auf die ehrliche Tour an einen Interviewtermin zu kommen. Sie hatte angerufen, aber die Person am anderen Ende der Leitung hatte abgelehnt. Die

Ranch suchte keine Publicity, hatte der Mann gemeint.

Das hatte Lanas investigatives Radar erst richtig zum Pingen gebracht. Die meisten Sekten bevorzugten die Arbeit im Geheimen und schotteten ihre Mitglieder ab. Die Ranch lag mitten im Nirgendwo, und Montana bot eine Menge abgelegener Flecken.

Aber dieser Ort hier war so atemberaubend schön, mit genügend Raum, um sich ordentlich zu strecken. Das Grün der Felder leuchtete. Die roten Steine und das braune Holz der malerischen Blockhäuser luden zum Verweilen ein und waren nicht zu vergleichen mit dem Betondschungel der Stadt, den sie im letzten Jahr zwar täglich vor Augen, aber kaum beachtet hatte.

Als sie all das betrachtete, fühlte sie, wie sich die Last von ihren Schultern hob, ihre Brust freier wurde und sich ihre verkrampften Finger entspannten. Die Schaukel auf der Veranda sah besonders einladend aus. Ob sie sich einen Moment hineinsetzen sollte, bevor …?

Die Tür des großen Hauses öffnete sich und zwei Männer kamen heraus. Einer war groß und schlank. In seinem Gang zeigte sich sofort die Haltung eines Soldaten. Auch wenn er mit einem Metallbein ging, schritt er selbstbewusst aus.

An der Seite des Soldaten ging ein älterer Mann. Er war zwar kleiner, doch das tat seiner Haltung keinen Abbruch. Die honiggoldene Haut des älteren Mannes sprach für Vorfahren aus wärmeren Gefilden. Er hieß sie mit einem sanften Lächeln willkommen. Etwas in seinem Blick sagte Lana, dass er bis auf den Grund ihres Herzens sehen konnte.

»Miss Smith?«, fragte der Soldat.

Lana nickte und verdrehte zerstreut den Ring an ihrer linken Hand. Smith war ihr Deckname. Ziemlich lahm, aber einfach zu merken. Lana brauchte freien Platz in ihrem Kopf, für die Details, an die sie sich später erinnern musste.

»Mein Name ist Dylan Banks, und das hier ist Doktor Patel. Schade, dass ihr Verlobter es nicht einrichten konnte, mit Ihnen herzukommen.«

Lana schob ihren Verlobungsring am Finger hinauf zum nächsten Gelenk. »Mein Verlobter wurde erst kürzlich verwundet. Er wird bald heimkommen, und ich möchte alles für ihn vorbereiten.«

Dylan Banks nickte. Sein intensiver Blick wurde jedoch nicht weicher.

»Ich habe ihn seit fast einem Jahr nicht mehr gesehen.« Das stimmte. Sie hatte Mac seit jenem Tag, an dem sie aus seinem Schlafzimmerfenster geklettert war, weder gesehen noch gesprochen.

Sie hatte erwartet, dass er ihr folgte und sie darum anflehte, doch zu ihrer Trauung zu kommen. Er war ihr jedoch nicht nachgelaufen, was sie anfangs auch nicht überrascht hatte. Er trat immer erst einmal einen Schritt zurück, bevor er erneut versuchte, sie von seiner Sicht der Dinge zu überzeugen. Er machte dann aber auch immer wieder einen Schritt auf sie zu. In der Vergangenheit hatte er damit nie länger als einen Tag gewartet.

»Das belastet jede Beziehung.«

Lana konnte bei den Worten des älteren Mannes nur nicken.

Sie schob den Ring wieder nach unten und drehte ihn so lange, bis sie die Spitze des Diamanten an der Handinnenfläche spürte, als sie die Hand zur Faust ballte.

»Sie vermissen ihn sehr«, sagte Dr. Patel

Das war keine Frage, denn es stimmte. Immer öfter konnte sie ihre Gedanken an Mac nicht mehr nur auf die Nachtstunden beschränken. Gedanken an ihn krochen jeden Morgen nach dem Aufwachen hervor, oft auch beim Mittagessen und ein paarmal während der Arbeitszeit.

»Sie sollten bald auf ihn zugehen«, sagte Patel. Mit einem weiteren sanftem Lächeln drehte er sich um und kehrte ins Haus zurück, ließ Lana mit Dylan Banks allein.

»In welcher Einheit dient ihr Verlobter?«, fragte Dylan.

»Er ist ein Army Ranger.«

Dylan hob die Augenbrauen. »Wir haben Ranger hier.«

Lanas Haut begann zu prickeln, aber nicht, weil sie glaubte, dass Mac hier sein würde. Als sie das letzte Mal mit seinen Großeltern gesprochen hatte, hatten sie erzählt, dass er noch immer in Übersee stationiert war. Mehr konnten sie nicht sagen, da Mac seinen genauen Standort nicht preisgeben durfte. Doch was war, wenn jemand aus seiner Einheit hier war? Das hatte sie nicht einkalkuliert.

»Wie heißt ihr Verlobter?«, fragte Dylan.

»Mac–elmore. Mackelmore. John Macklemore.«

»Mit diesem Nachnamen haben wir niemanden hier. Die Rangereinheit, von der ich sprach, ist gerade in der Stadt und bereitet eine Hochzeit vor.«

Aha! Jetzt kamen sie der Sache näher. »Weil sie heiraten müssen, um hierbleiben zu dürfen?«

»Das ist eine Gemeindeverordnung. Wir könnten dagegen vorgehen und die Regeln ändern lassen.« Der Soldat vor ihr entspannte die Hände. Sein goldener Ring glänzte in der Nachmittagssonne. Er lächelte etwas oder jemandem in der Ferne zu. »Aber diese Verordnung hat für alle, die zur Erholung hergekommen sind, bisher gut funktioniert.«

Lana drehte sich um und sah eine Gruppe Frauen und Kinder ein Feld betreten. Die Frauen sahen alle jung aus und waren etwa in Lanas Alter. Eine Gruppe Männer näherte sich von der anderen Seite. Zwei der Frauen gingen zu den Männern, direkt in deren offene Arme.

»Haben alle diese Paare hier auf der Ranch geheiratet?«, fragte Lana.

Ein zufriedenes Lächeln breitete sich auf Dylans attraktivem Gesicht aus. »Jeder von ihnen kam hierher, um sich von Kriegsverwundungen zu erholen, und endete für die Mühen in Ketten.«

»Wie funktioniert das? Bringen sie alle bei einer Tanzveranstaltung oder so etwas zusammen und schauen dann, wer sich wen aussucht?«

Dylans Lächeln verblasste. Er wandte sich ihr zu. »Nein, so ist das nicht. Wir sind kein Dating-Service oder eine Partnervermittlung, Miss Hunt.«

Hunt? Hatte er sie gerade Miss Hunt genannt?

»Wir sind auch kein anderes der schlüpfrigen Dinge, von denen ihr Magazin darüber fantasiert, was auf der Ranch passiert.«

Oh nein. Sie war aufgeflogen. Sie hatte mit ihren Fragen zu sehr gedrängt.

»Das hier ist ein Ort, an den Leute kommen, um sich von Verwundungen zu erholen, und es passiert einfach, dass sie sich verlieben. Da Sie das offenbar nicht glauben können, werden Sie hier auch keine Story finden. Ich glaube, Sie machen sich am besten wieder auf den Weg.«

So viel zu ihrer Tarnung.

Lana hatte auf Granit gebissen, doch sie konnte nicht mit leeren Händen zurückkehren. Das hier war die erste echte Story, die man ihr anvertraut hatte. Sie musste einfach einen anderen Weg finden.

KAPITEL SECHS

Mac hielt am Brautladen der Stadt an. Er parkte den Truck vor dem roten Backsteingebäude mit den weißen Verzierungen. *Nancys Hochzeiten* verkündete das rosa Schild am Vordach.

Um die Mittagszeit waren viele Leute unterwegs. Ein paar Gesichter kannte Mac inzwischen. Er winkte Lieutenant Luke Jackson und seiner Verlobten Elaine, der örtlichen Bibliothekarin, zu. Luke schrieb militärische SF-Epen. Der ehemalige Pilot arbeitete am nächsten Roman seiner Serie. Im letzten Band hatten sich zwei der Hauptfiguren endlich zu einer unbeschwerten Romanze zusammengefunden. Die Wendung im Plot kam für Mac nicht sonderlich überraschend, wenn er sah, wie

Luke sich zur bezaubernden Bibliothekarin hinunterbeugte und sie küsste, bevor die beiden ihr mexikanisches Lieblingsrestaurant betraten. Bestimmt wollten sie das Tacoangebot an diesem sonnigen Dienstag nutzen.

Mac zupfte an seiner Unterlippe. Er hatte seit fast einem Jahr keine Frau mehr geküsst. Nicht, dass es ihm an Gelegenheiten gemangelt hätte, er hatte nur keine Lust dazu verspürt. Es gab nur eine Frau, die er küssen wollte, und diese Frau würde für immer die Einzige sein, die er jemals küssen würde.

Als Lana an jenem Abend aus seinem Schlafzimmerfenster geklettert war, war Mac ruhig geblieben. Sie hatten das schon zig Mal zuvor durchexerziert. Mac hatte Lana in die eine Richtung gezogen, und sie hatte sich gesträubt. Entweder hatte sie in die andere Richtung gezogen oder einfach stillgehalten. Irgendwann jedoch hatte sie immer nachgegeben und war ihm gefolgt. Aber nachdem er bis zum Morgen auf sie gewartet hatte und sie nicht zu seinem Fenster zurückgekehrt war, hatte es in seiner Brust gekribbelt. Aus dem Kribbeln war eine Art Krampf geworden, als er sie am nächsten Tag nicht gesehen hatte. Und in der Nacht vor der Hochzeit hatte sich etwas in seinem Innern verhärtet.

Zum ersten Mal in ihrer Beziehung war er zu müde gewesen, ihr hinterherzulaufen. Er war zu aufgewühlt gewesen, um stillzusitzen. In der Vergangenheit hatte er hinter jedem Fortschritt in ihrer Beziehung gesteckt. Wenn Lana also diese Beziehung voranbringen wollte, musste sie den ersten Schritt machen.

Sie kam allerdings nie zu ihm.

Anstatt ihr mit eingekniffenem Schwanz nachzujagen, hatte Mac sich auf den nächsten Auslandseinsatz konzentriert und war zu seiner Rangereinheit zurückgekehrt. Die Mission hatten sie vor einem Monat beendet, aber Mac war nicht zur Frau zurückgekehrt, die er liebte.

Noch nicht.

So sauer er auch darauf war, dass sie ihn verlassen hatte, und so sehr sein Herz unter ihrem gebrochenen Versprechen litt, änderte es doch nichts daran, was sein Herz fühlte. Lana war *die* Frau für ihn. Er hatte schon verloren, als er sie in jenem ersten Sommer zum ersten Mal am Schlafzimmerfenster erblickt hatte. In jedem der folgenden zehn Sommer hatte er sie dort stehen sehen. Er konnte also nicht anders, als zu hoffen, dass sie auch diesen Sommer wieder auftauchen würde und dass sie beide wiederaufleben ließen, was sie einst gehabt hatten.

Seine Freunde hielten ihn für einen Narren mit masochistischer Ader, da er immer wieder zurückkehrte und Prügel einsteckte. Wenn es falsch war, Lana zu lieben, würde Mac, dem alten Klischee nach, einfach weiter den Narren spielen oder so ähnlich.

Der Sommer war nur noch wenige Monate entfernt. Fürs Erste konnte er sich mit der Vorbereitung einer anderen Hochzeit von der Frage ablenken, ob die eigene Zukunft seine eigene Hochzeit bereithalten würde.

Mac öffnete die Autotüren für Patty und Brenda, damit sie aus dem Truck aussteigen konnten. Brenda schnitt eine Grimasse, als sie den Brautladen erblickte. Als ob der Ausflug hierher eine lästige Aufgabe wäre, die sie am liebsten an einen ihrer Rancharbeiter abgegeben hätte. Mac wusste, dass die geborene Rancherin jetzt viel lieber inmitten ihrer Rinder reiten würde.

Patty wippte dagegen auf ihren Fußballen wie ein Kind vor den Toren Disney Lands. Sie ließ Macs Hand los, sobald sie auf dem Boden stand und eilte zur Ladentür.

Hochzeitsglöckchen klingelten, als sie das

Geschäft betraten. Ein schönes Detail, fand Mac. Das Innere des Ladens glich einer Wolke aus luftigem weißem Satin, Gaze und Tüll. Mac atmete den erdigen Geruch von Lavendel und den würzigen Duft von Orangenblüten ein. Er seufzte zufrieden. Er fühlte sich gleich wieder wie zuhause bei seiner Großmutter.

Mac liebte die Sommer nicht nur, weil er Lana in diesen Monaten hatte nahe sein dürfen. Die Tage, in denen er Zeit im Brautmodengeschäft seiner Großmutter hatte verbringen können, gehörten zu seinen liebsten Erinnerungen. Er liebte das verzückte Kichern der Frauen, wenn sie aus dem Umkleideraum herauskamen und Brautkleider vorführten. Er schaute den Bräuten gerne zu, wie sie über den Musterbüchern brüteten, um herauszufinden, welcher Farbton sie und ihren Bräutigam am besten repräsentierte, und wie sie dabei konzentriert die Stirn runzelten. Seine Zähne schmerzten, als er den süßen Leckereien den Rücken kehrte, die Bräute probierten, um das beste Rezept für ihre Hochzeitstorte zu bestimmen.

Macs Vater hatte sich Sorgen um den kleinen Jungen gemacht, der gerne zwischen den Kleidern herumgelaufen war und Farben und Muster verglichen hatte. Doch Sergeant Kenzie hatte sich auch jeden Nachmittag wieder entspannt, wenn er sah, wie Mac Plastiksoldaten aufgestellt und den Feind niedergemäht hatte. Der Sergeant war außerdem begeistert davon gewesen, dass sein Sohn dem Nachbarsmädchen vergeblich hinterhergejagt war.

»Willkommen, willkommen.«

Die Besitzerin kam hinter der Theke hervor und unterbrach Macs nostalgischen Ausflug in die Vergangenheit.

»Mein Name ist Nancy.« Sie griff nach Macs Hand und schüttelte sie herzlich. »Welche der Ladys ist denn Ihre Glückliche?«

Das förderte eine weitere Erinnerung zutage. Lana hatte ihn nie begleiten wollen. Sie hatte immer Arbeit als Ausrede vorgeschoben und gesagt, ›mit diesem Hochzeitskram‹ wäre er sowieso viel besser als sie. Das war schon irgendwie richtig, denn jedes Mal, wenn er sie gezwungen hatte, mitzukommen, hatte sie lediglich allem zuge-stimmt, was er für das Beste gehalten hatte. Mac hatte eine aufwändige Feier vorbereitet, die nie stattgefunden hatte.

»Ich heirate nicht«, sagte Mac. »Ich bin nur für die moralische Unterstützung zuständig.«

»Oh.« Nancy wandte sich an Brenda und Patty. »Das ist großartig. Denken Sie beide an Hochzeitskleider? Oder bevorzugt eine von Ihnen einen Anzug?«

Brenda und Patty blickten sich verwirrt an. Brenda war die Erste, bei der es Klick machte.

»Oh nein.« Brenda hob abwehrend die Hände. »Wir sind nicht die Bräute füreinander. Nicht, dass daran etwas falsch wäre.«

»Sie heiratet meinen Bruder«, erklärte Patty. »Und ich heirate die Liebe meines Lebens. Wir feiern eine Doppelhochzeit, da wir beide heimlich geheiratet haben und meine Mutter nun auf einer großen Feier besteht.«

»Wie aufregend.« Nancy gewann ihre Fassung zurück. »Dann mal los, würde ich sagen. Haben Sie bereits Farben im Sinn?«

»Farben?«, fragte Brenda.

»Ich liebe Pink«, schwärmte Patty.

»Pink?« Brenda erschauderte. »Sollten wir nicht in Weiß heiraten?«

»Wie wäre es mit Immergrün? Das ist ein Pastellton, der gut mit Pink harmoniert. Pink für Patty, und Grün ist die beste Farbe für Brenda.«

Drei Augenpaare wandten sich Mac zu und starrten ihn an.

»Pattys Bouquet könnte mit pinkfarbenen Rosen bestückt werden, während Brenda eher einen rustikalen Blumenstrauß mit grünen Hortensien bekommen könnte. Was meint ihr?«

Die drei Frauen starrten ihn ganze zwei Minuten stumm an.

»Ich habe das Gefühl, dass Sie das schon einmal gemacht haben«, sagte Nancy. Sie neigte den Kopf zur Seite und blickte auf seine Hände. »Aber ich sehe keinen Ring.«

Mac berührte den Ringfinger der linken Hand mit seinem Daumen und beantwortete Nancys Flirten mit einem schwachen Lächeln.

»Wissen Sie schon, wie groß die Hochzeitsgesellschaft sein wird?«, fragte Nancy.

»Nein«, sagte Brenda. »Ich dachte eigentlich nur an uns vier.«

»Oh nein«, widersprach Mac. »Ich werde einer der Brautführer sein. Du musst auch drei weitere einplanen, da Rusty, Porco und Spinelli ebenfalls zur Hochzeit kommen werden. Sieht also so aus, als müsstet ihr beiden vier Brautjungfern auswählen.«

Brenda seufzte und erinnerte ihn damit an Lana. Mac dachte nicht, dass er noch einmal eine Frau treffen würde, die nicht von ihrem Hochzeitstag schwärmen würde. Selbst jetzt wollte Brenda lieber zu ihren Rindern zurückkehren, als den Nachmittag mit Rüschen zu verbringen.

»Und was haben Sie für den Empfang geplant?«, fragte Nancy.

»Das ist einfach«, sagte Patty.

»Barbecue«, ertönten Patty und Brenda im Chor.

Auch wenn Patricia Keaton Hayes ihre Sommerkleider und Riemensandalen liebte, konnte diese Frau mit Fleisch auf dem Grill umgehen wie eine Weltmeisterin. Bei diesem Teil der Unterhaltung brauchte Mac ihr sicherlich nicht beizustehen.

»Okay«, sagte Nancy. »Jetzt weiß ich über die meisten Details Bescheid. Lassen Sie uns anfangen, Kleider herauszusuchen.«

Wie die Frauen Kleider auswählten, brachte zu viele Erinnerungen in Mac wieder hoch. Was hatte er sich dabei gedacht, seine Hilfe anzubieten?

Besonders ein Kleid fiel ihm ins Auge. Es war ein einfaches Etuikleid. Der größte Teil der Dekoration befand sich in den Spitzen und im perlenbestickten V-Ausschnitt. Der dünne Stoff des Kleides würde sich eng an die Figur der Trägerin anschmiegen. Und der seitliche Schlitz würde ein muskulöses Bein enthüllen.

Es glich dem Kleid, das Lana ausgewählt hatte, auch wenn die Träger dieses Kleides seitlich von den Schultern herabhingen. Es wäre nichts für Lana, denn es würde die Perfektion ihres Dekolletés mindern.

Mac fluchte leise, als sein Herz bei dem plötzlichen Gefühl des Verlusts einen Schlag aussetzte. Mac hätte damals wissen sollen, dass ihre Hochzeit unter einem schlechten Stern stand. Lana hatte auf seiner Hilfe bestanden, ansonsten wäre sie in einem einfachen Sommerkleid zu ihrer eigenen Hochzeit gekommen.

Mac legte das Etuikleid auf den Stapel Kleider, den Brenda und Patty angelegt hatten und wandte sich zur Tür. Er brauchte frische Luft. »Ich hole uns etwas zu Essen, während ihr Ladies diese Kleider anprobiert.«

KAPITEL SIEBEN

Die saftig grünen Weiden und die Blockhäuser der Farmen wichen Steinhäusern und Beton, als Lana mit ihrem Mietwagen in die Kleinstadt hineinfuhr. Sie erinnerte Lana an den Wohnort ihrer Großeltern, in dem sie ihre Sommer verbracht hatte. Es gab dort zwar keine Ranches in der Nachbarschaft, aber das heimelige Gefühl, dass dort jeder jeden kannte. Leute sahen auf, wenn sie einander begegneten und lächelten, anstatt mit gesenkten Köpfen auf ihre Handys zu starren. Leute überquerten die Straße, um Hallo zu sagen, anstatt sich aus dem Weg zu gehen.

Lana hatte ihre Großeltern seit dem letzten Sommer nicht mehr gesehen. Sie sprachen zwar jeden Sonntag miteinander, doch ein Thema war dabei tabu, die verbockte Hochzeit. Ihre Enttäuschung war selbst über die Telefonleitung zu spüren und verfolgte Lana, als sie die Straße an diesem Dienstagnachmittag entlang spazierte. Lana griff in ihre Tasche und holte das klingelnde Handy heraus. Als sie sah, wer sie anrief, stöhnte sie auf. Es waren nicht ihre Großeltern.

»Wie weit sind wir mit der Story?«

Reyanna hielt sich nie mit Begrüßungen auf. Sie war auch gnadenlos, was sowohl die Anzahl geschriebener als auch die gesprochener Worte anging.

»Ich habe nicht viel vom Besitzer erfahren«, gab Lana zu. »Aber ich habe einen neuen Ansatzpunkt gefunden.«

»Schön. Ich muss Ihren Zeitplan straffen. Rucker hat einen weiteren Artikel versemmelt.«

Lana verbiss sich das *Schon wieder*. Sie hatte keine Ahnung, warum Nichols und Rucker immer noch beim *ChatterZine* arbeiten durften, wenn sie nicht mit den anderen Schritt halten konnten. Immerhin hatte deren mangelnde Professionalität Lana beim Erklimmen der Erfolgsleiter unterstützt. Also hielt sie ihre Lippen versiegelt.

»Ich gebe Ihnen die Titelseite.«

Umgehend entsiegelte Lana ihre Lippen wieder und gab ein ersticktes Geräusch von sich. Und weil sie ihre Begeisterung nicht zügeln konnte, tanzte sie einen kleinen Freudentanz mitten auf dem Bürgersteig. Die Leute um sie herum lächelten nachsichtig. Ein Mann tippte an seinen Cowboyhut. Eine Frau mittleren Alters gab Lana ein Daumen-hoch-Zeichen. Sie hatten alle keine Ahnung, warum sie so begeistert war, aber sie schienen froh darüber, ihre Freude teilen zu dürfen.

Da war er endlich, ihr Durchbruch.

»Ich brauche die Geschichte bis Freitagabend, damit sie in die Montagsausgabe hineinkommt. Schaffen Sie das, Hunt?«

»Ja.« Lanas fand ihre Stimme wieder. »Ja. Auf jeden Fall. Ich bin dran.«

»Enttäuschen Sie mich nicht.«

»Das werde ich nicht. Ich bleibe dran.«

Doch Lana sprach schon mit dem Wählton. Reyanna hatte erhalten, was sie wollte, und aufgelegt. So wenig wie die Chefredakteurin Begrüßungen kümmerten, scherten sie Abschiede.

Lana erspähte ihr Ziel ein paar Schritte die Straße hinunter. *Nancys Hochzeiten.* Dylan hatte gesagt, die beiden Bräute wären in der Stadt, um ihre Hochzeiten zu planen. Lana hatte nachgeschaut und festgestellt, dass es hier nur einen Laden für Brautmoden und alles, was zu einer Hochzeit dazugehörte, gab.

Hochzeitsglöckchen bimmelten über ihrem Kopf, als Lana den kleinen Laden betrat. Sie hielt direkt hinter der Tür inne. Ein Meer aus Weiß breitete sich vor ihr aus. Doch es war nicht nur Weiß. Da war auch cremefarbenes Leinen, Elfenbein und Vanille. Auf einem Tisch mit milchweißer Decke lag eine Auswahl an Einladungskarten in Polarweiß, Perlweiß und Schneeweiß. Und dann waren da noch die Kleider auf den Kleiderständern. Porzellanfarbene Stoffe konkurrierten mit den Tönen Babypuder und Knochen und hingen nur knapp über dem Boden.

Lana war überrascht, wie viele Weißschattierungen sie noch im Kopf hatte. Sie hatte nicht aufgepasst, als Mac sie vor einem Jahr in einen Laden gezerrt hatte. Er hatte sie dorthin schleifen müssen, weil sie sich mehr auf eine Deadline konzentriert hatte als auf ihre Hochzeit. Sie hatte keine Lust gehabt, ein neues Kleid zu kaufen, da sie völlig ausreichende Kleidung im Schrank hängen hatte. Doch Mac hatte darauf bestanden.

Sie war ihm zwischen den langen Reihen von Kleidern hinterhergelaufen und hatte sich heimlich Notizen zu ihrer aktuellen Story gemacht. Erst als er ein Kleid von einem Bügel genommen hatte, hatte sie aufgesehen, und Mac ihre volle Aufmerksamkeit geschenkt.

Wenn Lana zu jenen Frauen gehört hätte, die von ihrem Hochzeitskleid träumten, dann hätte sie von genau jenem Kleid geträumt. Sie hatte damals nicht protestiert, als Mac sie in die Richtung des Umkleideraums schob, um es anzuprobieren. Er wiederum hatte entschieden protestiert, als sie herauskommen wollte, um ihm zu zeigen, wie perfekt es für sie war.

»Ich warte«, hatte er gesagt.

Sie bedauerte zutiefst, dass Mac nie gesehen hatte, wie hübsch sie in dem Kleid ausgesehen hatte. Es war nur ein ganz einfaches Etuikleid gewesen, aber es hatte ihre besten Seiten betont. Ihre langen Gliedmaßen hatten darin sexy gewirkt und nicht schlaksig, und ihr nicht gerade üppiger Busen war durch die filigranen Stickereien und Spitzen ausgesprochen gut zur Geltung gekommen.

Auf einem Stapel Kleider im Laden fand Lana ein Kleid, das dem glich, das sie zur eigenen Hochzeit hätte tragen sollen.

»Das würde Ihnen bezaubernd stehen.«

Lana ließ das Kleid fallen, als wäre sie gestochen worden, und sah über die Schulter. Eine zierliche Frau lächelte sie an. Dem verstohlen wertenden Blick nach musste sie die Ladeninhaberin sein.

»Wann ist denn der große Tag?«

»Oh«, sagte Lana. »Der … Wir haben noch keinen Termin festgelegt. Die Verlobung ist ein wenig lang. Er ist im Ausland stationiert.«

»Noch ein Soldat?« Das Wertende schwand aus ihrem Blick und machte ein wenig mehr Freundlichkeit Platz. »Sind Sie eine der Purple Heart Bräute?«

Die Verkäuferin gab Lana keine Zeit, zu antworten. Sie hob das Kleid auf und nahm Lana beim Arm.

»Ich habe die Kleider der meisten Bräute geliefert«, fuhr die Frau fort und steuerte Lana in den hinteren Bereich des Ladens. »Meistens innerhalb weniger Tage. Ich bin so froh, dass ich bei Patty und Brenda ein paar Wochen Zeit habe.«

»Die Dumasse-Frauen gaben Ihnen eine lange Vorbereitungszeit«, sagte eine schlanke Brünette, als sie den Umkleideraum in einem Kleid verließ, in dem sie völlig versank.

»Ist Ginger Dumasse nicht die Staatssenatorin, die Keaton und dir zu heiraten vorgeschlagen hat, um diese Verordnung zur Landnutzung zu umgehen?« Die Frage kam von einer kurvigen Rothaarigen. Sie trug ein Meerjungfrauenkleid, das sie wie eine moderne Version von Marilyn Monroe erscheinen ließ.

Lana ignorierte die Kleider und konzentrierte sich auf die Details, die sie für ihre Story verwenden konnte. Verordnung zur Landnutzung? Und eine Politikerin war darin verwickelt?

»Die Dumasse-Frauen haben Soldaten geheiratet?«, fragte Lana die Verkäuferin, die ihr das Kleid gegeben und diese beiden Informationsquellen offenbart hatte. »Von der Purple Heart Ranch?«

»Man hat die Erbin der Stadt, Honey Dumasse, in einer kompromittierenden Situation mit dem Gefreiten Mark Ortega erwischt«, lachte die Brünette. Sie öffnete den Reißverschluss ihres kitschigen Kleides.

»Meinen Sie damit, dass sie schwanger gewesen war und deswegen heiraten musste?«, fragte Lana.

»Nein, nein. Ganz und gar nicht.« Die Brünette runzelte die Stirn.

»So, wie ich das verstanden habe«, sagte die Rothaarige, »hat Honey ihren Schuh verloren, und Mark hat ihn gefunden. Fast so wie bei Cinderella. Nur war der Ball ein langweiliger Brunch gewesen.«

Das passte leider so gar nicht zu der Story über Blitzhochzeiten und kultischem Verhalten, die Lana schreiben wollte. Es klang zu sehr nach einem Märchen, und Magazine wie das *ChatterZine* verkauften keine Märchen.

»Ich bin Brenda«, sagte die Brünette. »Und das ist Patty.«

»Lana.«

»Hat Nancy gerade etwas davon gesagt, dass Sie einen Soldaten heiraten?«, fragte Patty.

»Ja.« Lana hob die linke Hand. »Ich bin verlobt.«

»Glückwunsch.« Beide Frauen strahlten sie an.

»Ebenso.« Lana beäugte ihre Ringe. Beide Frauen trugen jeweils zwei am linken Ringfinger, einen Verlobungs- und einen Ehering. Sie waren also beide schon verheiratet. »Sind Sie von der Purple Heart Ranch?«

»Mir gehört die Nachbarranch«, sagte Brenda und ging mit einem neuen Kleid in den Umkleideraum zurück.

»Aber die Magie hat uns beide trotzdem erwischt«, sagte Patty. Ihre blauen Augen strahlten unübersehbar voller Liebe.

Lana brauchte Tatsachen, nicht Gefühle. »Wie das?«

»Ich wollte eine geschäftliche Abmachung mit

einem der Soldaten treffen«, sagte Brenda aus der Umkleide heraus. »Ich brauchte Geld, er brauchte mein Land. Wir haben sogar einen Vertrag aufgesetzt, aber dann bin ich hingegangen und habe diese Mädchensache gemacht.«

»Diese Mädchensache?«, fragte Lana.

Brenda streckte sich über die Tür der Umkleide, so dass ihr Kopf sichtbar wurde. »Ich habe in seine Augen geblickt und mich verliebt. Also schaut bloß nicht in deren Augen.«

Zu spät, dachte Lana, und betrachtete ihren eigenen Ring. Das vermisste sie am meisten, mit Mac zusammen dazusitzen, seine klaren braunen Augen auf sie gerichtet, während er ihr zuhörte und ihr seine ganze Aufmerksamkeit schenkte.

Lana gab sich einen Ruck. Es war helllichter Tag und somit nicht der richtige Zeitpunkt, um an Mac zu denken. Es war an der Zeit, Fakten für ihre Story zu sammeln. Sie konnte vielleicht etwas mit der Landnutzung und den Verordnungen anfangen, doch brauchte sie einen Aufhänger, etwas, um die Aufmerksamkeit der Leserinnen zu fesseln, etwas, das weniger nach trockenen Gesetzestexten klang.

Lana wandte sich an Patty, doch die Rothaarige betrachtete sie merkwürdig, als versuchte sie, sich gleich nach dem Aufwachen an einen Traum zu erinnern.

»Sie kommen mir irgendwie bekannt vor«, sagte Patty. »Sind wir uns schon mal begegnet?«

Lana war sich sicher, dass sie sich an die schöne Rothaarige erinnern würde, und schüttelte den Kopf. »Ich vergesse keine Gesichter. Typische Berufskrankheit.«

»Was machen Sie denn beruflich?«

Lana entschied, nahe bei der Wahrheit zu bleiben. »Ich bin Reporterin. Ich schreibe über Geschichten, die das Leben schreibt.«

Lana dachte, dass die Frau nachhaken würde, doch Pattys Blick wanderte zum Kleid, das Lana noch immer über dem Arm trug. »Ich wette, das sieht wunderschön an Ihnen aus. Ziehen Sie es an.«

Lana zögerte. Das Kleid ähnelte so sehr dem, das noch immer in ihrem Schrank zu Hause hing. Sie hatte keine Ahnung, warum sie es nie losgeworden war. Vielleicht, weil sie hoffte, es eines Tages doch noch tragen zu dürfen?

Sie betrat den Umkleideraum und schlüpfte aus ihren Sachen. Als sie in das Kleid stieg, passte es wie angegossen. Doch es bescherte ihr keine Gänsehaut am ganzen Körper wie bei ihrem eigenen Kleid. Dennoch war es hübsch.

»Eure neue Freundin?«

Lana lauschte auf die Unterhaltung vor dem Umkleideraum. Hörte sich so an, als wäre ein Mann zu Patty und Brenda gestoßen. Die Stimme des Mannes kam ihr sehr bekannt vor.

»Ja. Ich glaube, sie sagte, sie sei eine Reporterin«, sagte Brenda. »Da ist sie ja.«

Lana verließ den Umkleideraum und stolperte.

Da stand er, mit dem Rücken zu ihr. Sein Gesicht konnte sie nicht sehen, das brauchte sie aber auch nicht. Diese breiten Schultern erkannte sie überall.

Mac drehte sich um und blickte sie mit seinen braunen Augen an. Lana machte den Fehler, direkt hineinzusehen. Sie fühlte sich, als würde sie fallen, und dann fiel sie beinahe auch tatsächlich hin, als die Fakten in schneller Folge durch ihren Geist schossen.

Mac war hier.

In einem Laden für Brautmoden.

Mit zwei Frauen in Hochzeitskleidern, die ihn anstrahlten.

Die Frauen waren beide bereits verheiratet.

Mit einem Soldaten.

Vor ihr stand ein Soldat.

Ihr Soldat.

Nein, nicht mehr ihr Soldat. Mac war mit einer

der beiden Frauen verheiratet und plante seine Hochzeitsfeier.

Nach diesem Schluss aufgrund unwiderlegbarer Tatsachen hob Lana den Saum ihres Hochzeitskleids an, drehte sich um und stürmte aus dem Laden.

KAPITEL ACHT

Mac träumte schon wieder denselben Traum. Er hatte diesen Traum, seit er ein Teenager gewesen war, und er wusste seitdem, was eine Ehe wirklich bedeutete. Der wiederkehrende Traum spielte an seinem Hochzeitstag. Lana bot einen traumhaften Anblick, als sie in ihrem vanilleweißen Kleid hereinkam. Das Dessin war einfach und dezent, ganz so wie diese Frau, die nicht gerne die Aufmerksamkeit anderer auf sich zog. Lana zog es schon immer vor, ruhig im Hintergrund zu bleiben, zu beobachten und sich Notizen zu machen.

Ein wichtiges Detail des Traums in Weiß vor ihm war allerdings falsch. Das Kleid besaß keinen

Seitenschlitz, um Lanas schlanke Waden zu zeigen. Die Träger fielen zudem von den Schultern herab und lenkten von der Herzform ihres Dekolletés ab, das er in- und auswendig kannte, denn er hatte zahllose Nachmittage damit verbracht, dort ihre Haut zu küssen.

Doch auch mit diesen Unzulänglichkeiten konnte Mac sich nicht anders helfen. Er musste einfach die Hände nach der Traumgestalt ausstrecken. Mac wusste, dass der Augenblick, in dem seine Finger ihre Handfläche berührten, der erste Moment ihrer gemeinsamen Ewigkeit sein würde. Sie war so nahe. Er konnte den erdigen Duft ihres Morgenkaffees riechen, die Wärme ihres stockenden Atems spüren und die marineblauen Flecken in ihren blauen Augen sehen.

Doch die Traumgestalt streckte ihre Arme nicht nach ihm aus. Macs Traumfrau krallte stattdessen die Hand in den Stoff ihres Kleides, hob den Saum, wandte sich um und lief davon.

Das war die Stelle im Traum, an der Mac bewusstwurde, dass er wach war.

Lana war damals aus dem Fenster geschlüpft, als sie vor der Hochzeit geflohen war. Diesmal hatte sie die Flucht immerhin in einem Hochzeitskleid angetreten. So betrachtet, war dies ein Fortschritt.

»Was ist da gerade passiert?«, fragte Brenda.

»OMG! Sie hat gesagt, dass sie Lana heißt«, sagte Patty. »Das ist doch der Name deiner Verlobten, nicht wahr?«

»Wer auch immer das ist. Sie muss für das Kleid bezahlen«, schimpfte Nancy.

Mac beantwortete keine der Fragen. Er träumte nicht. Das war wirklich Lana gewesen. Und sie rannte auf und davon.

Aber nicht dieses Mal. Mac machte sich an die Verfolgung.

Lana war schon immer eine gute Läuferin gewesen. Mac hatte sie als Kind öfter verfolgt, als er sich erinnern konnte. Als sie heranwuchsen, hatte er sich zum Ziel gesetzt, sie in Rennen zu schlagen. Als Teenager war er nur wenig schneller als sie gewesen. Um sicherzustellen, dass er ihr immer einen Schritt voraus sein konnte, hatte er sich, als er erwachsen geworden war, angewöhnt, täglich laufen zu gehen.

Da es ihm im Brautladen die Sprache verschlagen hatte, hatte Lana einen Vorsprung. Sie rannte in ihrem gestohlenen Hochzeitskleid durch den mittäglichen Straßenverkehr. Autos hielten an und ihre Fahrer gafften mit offenen Mündern der

Braut hinterher, die die Hauptstraße hinunterrannte.

Lana blickte nur einmal über die Schulter und sah, wie Mac aufholte. Er würde sie gleich einholen. Sie musste das erkannt haben, denn sie täuschte rechts an und lief dann nach links. Mac ließ sich jedoch nicht in die Irre führen. Er hielt die Augen fest auf seinen Preis gerichtet.

Lana spurtete wild eine Treppe hinauf und flitzte in das erste Gebäude zu ihrer Rechten. Mac folgte ihr. Er war sich dabei sicher, dass Lana den Turm auf dem Gebäude, in dem sie Zuflucht suchte, übersehen hatte. Als Mac die Kirche betrat, sah er, wie Lana eine Vollbremsung vor Pastor Vance hinlegte. Der junge Pastor blickte zwischen der schnaufenden Braut und Mac, der kaum schneller atmete, hin und her.

»Kann ich Ihnen beiden irgendwie helfen?«, fragte der Pastor.

»Nein«, schnaufte Lana und trat einen Schritt zurück.

»Noch nicht«, sagt Mac und trat einen Schritt näher.

Lana wirbelte zu Mac herum. Ihr Gesicht durchlief in Sekundenbruchteilen drei Gefühle: Wut, Bedauern und Schmerz.

Waren das Tränen in ihren Augen?

Dass Lana weinte, kam selten vor und wühlte Mac auf.

Ohne nachzudenken, griff er nach ihr. Er schlang die Arme um sie, und sie ließ es widerstandslos zu, aber nicht, ohne einen protestierenden Laut von sich zugeben. Sie schniefte, als ihr Kopf auf seiner Brust zur Ruhe kam. Sie sog einen zittrigen Atemzug ein und schluchzte beim Ausatmen. Mac spürte, wie sein Herz gleichzeitig brach und zu rasen begann.

Er zog sie eng an sich. Hielt sie fester. Schob ihren Kopf unter sein Kinn und küsste sie auf den Scheitel. Es war fast ein Jahr her, aber sie passten noch immer zusammen.

Das hatten sie immer. Seit sie Kinder gewesen waren und beieinandergesessen hatten, passte sie zu ihm. Egal, ob sie nebeneinandergesessen und ihre Schultern aneinander gelehnt hatten, oder ob sie, als sie älter geworden waren, auf seinem Schoß gesessen hatte, als er sie küsste. Ihre Gliedmaßen waren an den richtigen Stellen eingerastet. Ihre Atemzüge hatten sich angepasst. Ihre Herzschläge waren synchron gelaufen.

Mac spürte Lanas rasenden Herzschlag an seiner

Brust. Viel zu früh verlangsamte er sich und ihr Herz schlug mit seinem im Takt.

Die Welt war wieder in Ordnung. So sollten die Dinge laufen. Lana in seinen Armen, ihr Herz im Takt mit seinem.

Er hatte keine Ahnung, was sie hierhergebracht hatte. Er wusste nicht, was sie zum Weinen gebracht hatte. Er musste es herausfinden und aufhalten, was oder wer auch immer dafür verantwortlich war.

Mac schob sie von sich. Nur ein kleines Stück. Denn wie die Antwort auf seine nächste Frage auch ausfallen mochte, er hatte nicht die Absicht, sie gehen zu lassen.

»Was machst du hier?«, fragte er.

Lana funkelte zu ihm auf. Ihr Augen blitzten anklagend.

Das konnte nicht sein. Er hatte dieser Frau niemals Unrecht getan. Seit er sie zum ersten Mal gesehen hatte, hatte er alles in seiner Macht stehende getan, um sie zufrieden zu stellen und sich ihr angepasst.

»Lass mich los«, sagte Lana.

Nope. Das würde nicht geschehen. Niemals wieder.

»Ich bin mir sicher, dass du zu deiner Verlobten zurückkehren musst«, sagte Lana.

Seine Verlobte? Mac hielt seine Verlobte in den Armen. In einem Hochzeitskleid.

Warum trug sie überhaupt ein Hochzeitskleid?

In demselben Moment, in dem er die Frage dachte, erkannte er, dass die Antwort unwichtig war. Es war unwichtig, ob sie sich mit jemand anderem traf. Es war unwichtig, ob sie einem anderen Mann das Jawort gegeben hatte. Denn Lana gehörte ihm. Das hatte sie immer schon und würde immer so sein.

Mac ergriff ihre Hand. Das war der Moment, in dem er es spürte. Er musste sich vergewissern und blickte hinab. Ja, da war er.

»Du trägst immer noch meinen Ring.«

Mit den Fingern der rechten Hand zupfte Lana am Ring an ihrem vierten Finger herum. Mit einiger Mühe gelang es ihr, den Ring abzustreifen. Sie starrten beide auf den nun nackten Finger. Beide atmeten schwer, als hätte das Abnehmen des Ringes ihnen den Atem geraubt.

Mac fing den Ring auf, bevor er zu Boden fallen konnte. Seine Augen hafteten an der blassen Stelle an Lanas Ringfinger, den der Ring enthüllt hatte.

Mac wusste, dass Lana schnell Farbe bekam. Seit Jahren endete der Sommer damit, dass ihre Bikinilinie sichtbar blieb. Jetzt war es die Stelle unter dem

Ring, die hell leuchtete, was wiederum bedeutete, dass Lana den Ring in der ganzen Zeit, seit dem letzten Herbst und über die Wintermonate hinweg nicht abgelegt hatte.

KAPITEL NEUN

*L*ana fühlte sich nackt, als sie ohne den Ring im Kirchenschiff stand. Irgendwie passend, vor dem Altar in einem gestohlenen Hochzeitskleid neben dem Mann, den sie vor fast einem Jahr sitzengelassen hatte. Er hatte nicht nur ihren Ring genommen, er hatte sie auch in den Armen gehalten, etwas, das begriff sie erst jetzt, das sie bitter nötig gehabt hatte. Und nun hatte er sie losgelassen.

Kein Ring mehr. Keine Umarmung. Kein Mac.

Mac hatte versprochen, sie bis an sein Lebensende zu lieben. Doch jetzt hatte er eine neue Verlobte. Nein – eine Braut.

Sowohl Brenda als auch Patty hatten ihr gesagt, dass sie schon verheiratet waren, aber erst jetzt ihre

Hochzeitsfeier planten. Wer von beiden gehörte zu Mac? Lana hatte keinen Schimmer. Sie kannte Macs Typ nicht. War es die schlanke brünette Brenda oder die kurvenreiche Patty mit den roten Haaren?

Seit Lana Mac kannte, hatte er nur Augen für sie gehabt. Keine der beiden Frauen glich Lana im Geringsten. Patty sah aus, als wäre sie aus einem Pinup-Poster der Fünfziger entstiegen, während Brenda wirkte, als könnte sie einem Stier Fesseln anlegen.

Beide Paarungen würden gute Ansatzpunkte für ihre Story abgeben. Doch Lana scherte sich nicht länger um ihren Artikel. Sie musste hier raus, doch sie wollte nicht ohne den Ring gehen.

Lana reckte das Kinn und hob den Blick und machte damit den größten Fehler, den sie überhaupt machen konnte. Sie sah auf und blickte direkt in Macs Augen. Sofort wollte sie sich wieder an ihn schmiegen und seinem Herzschlag lauschen, seine Worten hören und sein Lachen. Sie wollte in jene strahlenden Augen blicken, die sie stets dazu aufgefordert hatten, sich selbst nicht so ernst zu nehmen.

Sie war nun schon länger als ein halbes Jahr ernst geblieben. Sie konnte sich nicht einmal daran erinnern, wann sie das letzte Mal gelacht hatte.

Entweder hatte sie über einen Schreibtisch gebeugt geschrieben, oder sie hatte geweint.

»Du hast eine Verlobte?«, fragte sie.

Mac seufzte ein tiefes Seufzen. Scheinbar aufgestiegen aus den tiefsten Tiefen seines Inneren, hörte es sich sowohl erleichtert als auch resigniert an.

»Ja«, sagte Mac. »Ich habe eine Verlobte.«

Sie hatte es gewusst. Aber diese Worte von seinen Lippen zu hören, ließ ihr Herz in tausend kleine Splitter zerspringen. Die Bruchstücke stachen in ihre Augenlider, und neue Tränen flossen. »Du solltest zu ihr zurückgehen.«

»Stimmt.«

Erneut griff er nach ihr. Lanas Gehirn kam gar nicht auf die Idee, Widerstand zu leisten. Sie kam willig zu ihm, legte ihren Kopf auf seine Schulter und kuschelte sich an seinen Hals.

Macs Lippen fuhren über die Seite ihres Gesichts. Es war so lange her, dass sie von jemandem festgehalten, seit sie von jemandem berührt worden war.

Lana drehte den Kopf, und ihre Lippen trafen sich. Es war, als wären sie nie getrennt gewesen. Seine Lippen drückten sich fest auf ihre.

Wenn sie Zeit miteinander verbrachten, ließ Mac Lana gerne bestimmen, wohin sie zum Essen gingen, welchen Film sie anschauten und wie sie das Wochenende gestalteten. Nur bei zwei Dingen nahm er ihr die Zügel aus der Hand und gab ihr keinen Spielraum.

Die erste Sache betraf die Hochzeitsplanung.

Die Zweite war das Küssen.

Mac war ein Meister im Küssen, was Lana immer verblüfft hatte, denn er schwor, dass er niemanden außer ihr jemals geküsst hätte. Sie hatte ihm den ersten Kuss erst gestattet, als sie achtzehn geworden waren, doch selbst dieser allererste Kuss war ein Kuss für die Annalen der Geschichte gewesen. Jeder Kuss seitdem war jedoch ebenso perfekt. Und jetzt, als sie sich nach langen Monaten der Trennung küssten, war der Kuss der Beste bisher. Er war weder zögerlich noch zaghaft, sondern fordernd, klar und bestimmt.

Dies hier war ein Treffen Gleichgesinnter, die eine Idee wieder aufgriffen, die am Vorabend beiseite gelegt worden waren. Seine Hand lag auf ihrem bloßen Rücken, als wäre sie sein Besitz. Er winkelte den Kopf so an, dass seine Lippen perfekt auf ihre passten, als wäre er ein Teil von ihr.

Doch das war er nicht.

Er hatte jemand anderen.

Der Gedanke war wie ein lauter Gong in ihrem

Geist, und der Klang der Wahrheit veranlasste sie, sich von ihm zu lösen.

Mac ließ von ihrem Mund ab, entließ sie aber nicht aus seiner Umarmung. Das war okay. Lana brauchte seine Nähe, um zu tun, was sie tun musste.

Sie holte tief Luft, holte aus und verpasste Mac eine Ohrfeige. Mac wandte den Kopf zur Seite, vermutlich eher aus Überraschung als wegen der Wucht des Schlages.

»Wie kannst du es wagen, mich zu küssen, wenn deine Verlobte weniger als einen Block von hier entfernt ist.«

Mac rieb sich das Kinn. Er öffnete den Mund weit und bewegte den Unterkiefer hin und her.

»Ich dachte, du wärst ein besserer Mensch, Mac Kenzie.«

Mac schloss den Mund und nahm die Hände herunter. Jetzt sah Lana, dass ihr Schlag einen Abdruck auf seiner Wange hinterlassen hatte. Die Haut leuchtete rot, wo ihre Hand sein Gesicht getroffen hatte.

Mac blickte auf sie herab, als versuchte er, sie genauer zu betrachten. Als das Rot zurückging, breitete sich ein Lächeln auf seinem Gesicht aus. »Du denkst, ich würde Brenda oder Patty heiraten?«

Lanas Daumen ging zum vierten Finger, bevor

sie sich daran erinnerte, dass ihr Verlobungsring fehlte.

Die Bewegung entging Mac nicht. Er zog den Ring aus der Tasche und drehte ihn im Sonnenlicht, das durch die Fenster schien, hin und her. Lana blickte woanders hin, damit Mac nicht die Sehnsucht nach dem Ring in ihren Augen sah.

»Brenda und Patty sind bereits verheiratet«, sagte er. »Ich helfe lediglich bei ihrer Hochzeitsplanung, weil ich das schon einmal gemacht habe.«

Lana wusste, dass der letzte Satz eine Spitze gegen sie war. Sie ignorierte diese jedoch und konzentrierte sich darauf, was er davor gesagt hatte. »Wer von den beiden ist deine Frau?«

»Keine von beiden«, sagte Mac. »Bigamie ist in Montana illegal. Selbst wenn es nicht so wäre, bin ich mir sicher, dass Grizz und Keaton etwas dagegen hätten, wenn ich mich in ihre Ehen drängelte.«

»Grizz und Keaton haben geheiratet?«

Mac nickte. Er drehte den Verlobungsring zwischen seinen Fingern.

»Noch vor dir?«

Mac lachte und nickte. »Nach all den Sticheleien sind sie einfach hingegangen und haben geheiratet, bevor ich es tun konnte.«

Lana kaute auf der Innenseite ihrer Wange herum. Sie erinnerte sich an seine Freunde. Griffin Hayes und Anthony Keaton. Und an diese Sache, bei der sie Mac am Altar hatte stehen lassen. Lana wusste, dass alle nicht gut auf sie zu sprechen waren.

Aber das war gerade nicht wichtig.

»Du bist nicht verheiratet?«, fragte Lana.

»Ich habe mich nie entlobt«, sagte er. »Ich habe aber schon vor, zu heiraten. Schon bald.«

Seine Worte klangen wie eine Drohung. Eine Drohung, die an sie gerichtet war.

»Aber zuerst«, er nahm ihre Hand und zog sie Richtung Tür, »solltest du aus diesem Kleid heraus, bevor der Sheriff hinter dir her ist.«

KAPITEL ZEHN

»Hier gibt's nur einen Ausgang, richtig?«, fragte Mac Nancy, als er im Zugang zu den Umkleideräumen stand. Der Brautmodenladen führte keine Männerkleidung. Daher gab es für ihn keinen Grund, sich hier hinten aufzuhalten, als Lana sich aus dem Hochzeitskleid schälte und ihre regulären Klamotten anzog.

»Nein«, sagte Nancy und beugte sich interessiert über die Theke. »Dieser Laden ist eine Einbahnstraße.«

»Gut.«

Mac kreuzte die Arme vor der Brust und beobachtete die Schwingtüren. Er konnte gedämpfte Geräusche vernehmen, als Lana sich umzog.

Sie hatte sich verändert. Es war fast ein Jahr her,

dass er sie das letzte Mal gesehen hatte. Jetzt hatte sie dunkle Ränder unter den Augen. Die Tränensäcke waren schon sichtbar gewesen, als sie zusammen gewesen waren. Lana hatte schon immer Probleme mit dem Schlafen. Sie war eine Nachteule und blieb oft lange auf, um zu lesen, zu recherchieren, sich den Weg auszumalen, den ihre Karriere nehmen sollte. Dafür war sie in den Sommern oft durch Macs Schlafzimmerfenster geklettert und hatte an seinem Schreibtisch gearbeitet. Mac hatte dann auf dem Bett gelegen, in Hochzeitskatalogen geblättert und nach Blumen gesucht, die Lanas Augenfarbe am besten komplementierten und diese bei der Hochzeit zur Geltung bringen würden.

»Das ist also deine Verlobte?«, fragte Patty.

Sie und Brenda hatten in der Zeit, in der Mac hinter Lana hergejagt war, ihre Kleider ausgewählt. Die beiden Frauen hielten zwar Kataloge in den Händen, doch keine gab vor, hineinzuschauen. Ihre Blicke waren gespannt auf Mac geheftet, der den Durchgang bewachte.

»Ja, das ist sie.«

»Ich dachte mir doch, dass ich sie kenne«, sagte Patty. »Aber bisher habe sich sie nur auf Fotos gesehen, da sie auf der Hochzeit nicht aufgetaucht ist …«

Patty sprach nicht weiter. Als ihre Stimme

verklang, wanderten Macs Gedanken in die Vergangenheit. Erinnerungen an sein Leben mit Lana wirbelten durch seinen Geist. Wie er im Haus der Großeltern nach einem langen Schuljahr angekommen war und darauf wartete, dass der Wagen von Lanas Mutter vorfuhr. Wie er mit Lana zum Bach hinter dem Haus der Großeltern gegangen war und sie einander erzählten, was sie im vergangenen Schuljahr erlebt hatten. Sie waren beide Einzelkinder, die viel herumgekommen waren, da ihre Eltern beim Militär arbeiteten. Der Sommer repräsentierte für sie beide die gleiche Konstante.

Selbst als Mac gedient hatte, hatte er seinen Urlaub so eingerichtet, dass er ihn im Sommer nehmen konnte, einfach nur, um ihre Tradition aufrechtzuerhalten und Lana zu sehen. Selbst als sie ihren ersten Job als Reporterin angetreten hatte, war sie zu ihren Großeltern gefahren und jeden Sommer durch sein Schlafzimmerfenster geklettert.

Der einzige Tag, an dem sie nicht aufgetaucht war, war ihr Hochzeitstag gewesen.

Das hatte ihn tief verletzt, aber der Schmerz hatte nicht lange angehalten. Bereits im Winter hatte Mac ihn überwunden, denn er wusste, dass der Sommer kommen würde. Nachdem der Frühling vergangen war, hatte er gewusst, dass Lana zu ihm zurückkommen würde. Denn sie kamen immer zueinander zurück.

Eine Hand legte sich auf seine Schulter. Mac sah auf und blickte in Brendas ernstes Gesicht. »Geht es dir gut, Mac?«

Mac nickte und blickte wieder zum Zugang zu den Umkleideräumen. »Keine Sorge, alles okay.«

Er holte den Ring aus seiner Tasche. Er erinnerte sich gut daran, wie er ihn gekauft hatte. Lana hatte nicht viel für Schmuck übrig. Sie wusste jederzeit, wo ihre Lieblingsstifte waren, doch wenn er in ihren Schmuckkasten schaute, fand er dort nicht zusammenpassende Ohrringe, Armbänder mit kaputten Schließen und Haarspangen, die noch in ihren Verpackungen steckten.

Doch den Verlobungsring hatte sie nicht verloren. Sie hatte ihn nie abgelegt.

»Sie hat euch erzählt, dass sie Reporterin ist?«, fragte Mac.

»Ja«, bestätigte Patty. »Sie hat Fragen über die Ranch gestellt.«

Mac wusste genau, was Lana hier machte. Dylan hatte erwähnt, dass ein Magazin eine Story über die Ranch schreiben wollte, und hatte abgelehnt. Offenbar bauschte das Magazin Fakten gerne dramatisch auf. Niemand auf der Purple Heart

Ranch wollte diese Art von Aufmerksamkeit für seine Familie haben oder für die Soldaten, mit denen sie dienten.

Und dann war Lana aufgetaucht.

Mac war sicher, dass sie ihren Notizblock in der Hosentasche und einen Stift irgendwo in ihren Haaren bei sich trug. Sie war hier für eine Story. Es lief immer auf eine Story und ihre Karriere hinaus.

Die Tür zu den Umkleideräumen öffnete sich und Lana kam heraus.

»Warum geht ihr zwei nicht und redet miteinander«, schlug Brenda vor. »Patte und ich gehen etwas Essen und lassen uns später von Keaton abholen.«

Mac bekam kaum mit, wie die Frauen den Laden verließen. Nancy verschwand nach hinten. Mac und Lana waren allein im Ausstellungsraum, umgeben von allen möglichen Hochzeitsartikeln.

Mac ging einen Schritt auf sie zu.

Lana holte tief Luft, bewegte sich aber nicht aus seiner Reichweite.

Mac hob eine Hand an ihr Haar. Locken kringelten sich um seine Finger, als ob sie sich an Mac erinnerten.

»Was tust du?«, fragte Lana.

»Ich suche nach einem Stift.«

Sie sah in mit einem Stirnrunzeln an. Ihre

Lippen teilten sich, als wollte sie eine Frage stellen, doch ihr Augen schlossen sich halb, als seine Finger sanft über ihre Kopfhaut bis hinunter zum Hals strichen.

Er hatte sie in seinem Bann. Er konnte mit ihr tun, was er wollte. Wichtiger noch, er wusste, dass sie das in diesem Moment zuließ.

Mit der linken Hand fuhr Mac tiefer. Er strich mit der Hand über ihren Rücken, über den Gürtel ihrer Jeans und nur ein kleines Stückchen weiter, bis er fand, was er suchte.

»Du bist nicht wegen mir hierhergekommen«, sagte er. »Oder?«

Er zupfte den Notizblock aus ihrer Gesäßtasche und hielt ihn hoch. Auf dem obersten Blatt erkannte er säuberlich gegliederte Abschnitte, alles in ihrer hübschen Handschrift.

»Du denkst, das ist eine Sekte?«

»Gib ihn zurück.« Lana griff nach dem Block.

Mac hielt ihn außer Reichweite. »Du verdrehst, was hier wirklich vorgeht.«

»Sie heiraten nur zum Schein. Für ein Haus oder Land oder Geld. Darum geht es in einer Ehe sowieso nur. Sie ist ein Austausch. Das beweist, dass die Ehe antiquiert und unnötig ist, in einer Welt, in der eine Frau ihren eigenen Weg gehen kann.«

Mac betrachtete die Frau, die er schon fast sein ganzes Leben lang liebte. Ihre Gesichtszüge waren ein wenig verzerrt, als ob sie eine Maske tragen würde. Doch er blickte tiefer. »Du glaubst nicht länger, dass Menschen einander heiraten, weil sie sich lieben?«

»Ich glaube an die Liebe.«

Sie starrten sich an. Die Maske, die sie trug, begann zu bröckeln. Mit einem Atemzug fasste sie sich jedoch wieder.

»Wie auch immer«, fuhr sie fort. »Das ist jetzt egal. Da sie wissen, dass ich sie angelogen habe, wird keiner von ihnen noch mit mir reden. Ich brauche diese Story. Sie sollte mir eigentlich eine Beförderung einbringen.«

Lana rieb ihren linken Ringfinger und ballte die Hand zur Faust, als sie bemerkte, dass die Stelle leer war. Sie blickten beide auf ihren nackten Finger.

Lana runzelte die Stirn.

Mac konnte nicht anders. Er fühlte genauso. Immer wenn er an sie gedacht hatte, hatte sie seinen Ring am Finger getragen. Er musste das wieder hinbiegen.

Er machte einen weiteren Schritt auf sie zu, ging auf ein Knie und hielt den Ring zwischen ihnen hoch.

Lana versuchte, ihre Finger zu strecken, aber ihre Hände zitterten an ihren Seiten. Sie beobachtete Mac, wie er sie ansah, ohne zu blinzeln. Ihr Brustkorb hob sich nicht, als hielte sie den Atem an. War das Hoffnung oder Furcht in ihren Augen? Wahrscheinlich von beidem ein bisschen.

»Was tust du da?«, fragte sie schließlich.

»Ich habe einen Vorschlag für dich.«

Lanas Nasenflügel weiteten sich, als würden sie etwas Köstliches riechen, das sie unbedingt haben wollte. Ihre Finger zuckten. Lana ballte die Hände und streckte sie wieder, als wollte sie nach dem Ring greifen, den er zwischen Daumen und Zeigefinger hielt.

»Du wirst mir helfen, die Hochzeit von Patty und Brenda zu planen«, sagte er.

»Ich?«

»Du wolltest einen Zugang. Das ist er.«

Noch immer auf dem Knie, schloss Mac Lanas Verlobungsring in seiner Hand ein und wartete auf ihre Antwort. Er fühlte sich in dieser Haltung ziemlich wohl, denn er hatte vor dieser Frau bereits fünf Mal niedergekniet. Vielleicht war aller guten Dinge sechs, insbesondere da sie die Beförderung beim Magazin unbedingt haben wollte. Mehr als ihn.

KAPITEL ELF

*L*ana ließ sich in die Kissen des Plüschsofas sinken. Die Rüschen an der Seite der Armlehne bereiteten ihr Kopfschmerzen, insbesondere das Zickzackmuster der Stickereien. Ihre Augen folgten dem Muster auf der linken Seite, bis sie dessen überdrüssig wurden, dann diagonal, dann wieder links. Lana bevorzugte gerade Linien und Stoffe aus festerem Material.

»Was sollen wir als Grundfarbe nehmen?«, fragte Nancy, die Eigentümerin des Landes.

Lana zuckte zusammen, als ein weiterer Satz Muster vor ihrem Gesicht auftauchte. Die rosa Punkte und cremefarbenen Karos auf blauem Brokat ließen ihre Schläfen beängstigend pochen. Sie grub die Nägel in die Sofakissen und verhedderte sich prompt mit einem Finger in den zarten Stickereien.

Nancy lächelte gelassen und schlug eine Seite im Musterbuch um, als verdiene jeder ach so feine Unterschied im Farbton, eingehend diskutiert zu werden. Tatsächlich war jede Seite und jedes Muster bereits eingehend diskutiert worden, und Lana hatte in den letzten fünf Stunden keinen Pieps verlauten lassen.

»Wir haben uns diese Muster seit fünfzehn Minuten angeschaut, Nancy«, sagte Mac, als er durch ein zweites Buch mit Stoffmustern blätterte.

Lana sah auf die Uhr. Verblüfft stellte sie fest, dass keine fünf Stunden verstrichen waren. Nicht einmal eine halbe Stunde. Sie hatten hier nur fünfzehn Minuten gesessen, und sie wollte sich schon die Augen auskratzen.

»Das ist alles?« Nancy lächelte Mac an und zwinkerte ihm mit ihren falschen Wimpern zu.

Lana verwarf den letzten Gedanken. Sie wollte lieber Nancys Augen auskratzen, gab sich jedoch damit zufrieden, die Fäden aus der feinen Stickerei zu ziehen, die das Sofa bedeckte.

»Das ist nicht so einfach. Patty und Brenda sind so unterschiedliche Frauen.« Mac blätterte weiter.

Lana fuhr mit dem Daumen an die Unterseite

ihres Ringfingers. Die Bewegung, die sie normalerweise beruhigte, bewirke diesmal gar nichts. Ihr Ringfinger war immer noch nackt.

Mac hatte ihren Verlobungsring in der Tasche. Sie konnte ihn nicht darum bitten, ihn zurückzugeben. Wie würde das aussehen, den Mann, den sie sitzen gelassen hatte, darum zu bitten, den Ring zurückzugeben?

Sie wusste, dass sie ihm den Ring längst hätte zurückgeben sollen. So viel wusste sie über Hochzeitsgepflogenheiten. Doch jedes Mal, wenn sie ihn hatte abnehmen wollen, hatte sie es nicht geschafft, ihn über den Knöchel zu streifen. Der Ring war ein Teil von ihr geworden und hatte ihr die Illusion vermittelt, dass es zwischen ihr und Mac noch nicht aus war. Aber es war aus, oder? Das war der Grund, warum Mac den Ring zurückgenommen hatte und ihn außerhalb ihrer Reichweite aufbewahrte.

»Ich denke, grün wäre eine schöne Farbe«, sagte er. »So ein tiefes, sattes Grün als Symbol für Brendas Ranch, aber die Farbe würde auch gut zu Pattys rotem Haar passen. Was meint ihr?«

Mac wandte sich an Lana, doch sie war nicht sicher, worüber sie gerade sprachen. Was, Bitte schön, war eine Grundfarbe?

»Ich denke, das ist die perfekte Wahl.« Nancy strahlte Mac an.

Lana warf der Frau einen finsteren Blick zu und lehnte sich näher zu Mac. Er hatte nicht nach Nancys Meinung gefragt. Mac wusste das. Er machte das nur aus Rache.

»Und wie sieht es mit Akzenten aus?«, wollte Nancy wissen.

Akzente? Sprachen sie auf einmal einen anderen Dialekt?

»Ich denke da an Frühlingsfarben«, sagte Mac. »Passend zur Jahreszeit.«

»Sie haben wirklich ein Händchen dafür, Mac.« Nancy stützte seufzend das Kinn in die Hand und himmelte Mac an.

Sie hatte ihn Mac genannt. War es nicht völlig unprofessionell, einen Kunden mit dem Vornamen anzureden? Kein Wunder, dass Lana und Mac die einzigen Kunden im Laden waren. Welche Braut würde schon ihren Bräutigam mitbringen, wenn dieser von der Aushilfe angeflirtet wurde?

Doch Lana musste zugeben, dass Nancy mit Mac flirten durfte. Er war nicht verlobt, zudem Single und hatte einen Verlobungsring in der Tasche. Er war Freiwild.

»Das ist kein Gott gegebenes Talent«, murrte

Lana. »Er hat es von seiner Großmutter gelernt. Die ist Hochzeitsplanerin gewesen.«

Die zwei sahen zu ihr herüber. Lana hatte die letzten Worte wohl ein wenig zu schroff ausgestoßen. Es stimmte allerdings.

Mac lächelte nur. »Seht ihr den Rosaton in ihren Wangen?« Mac hob Lanas Kinn mit dem Zeigefinger an. »Sobald ihre Leidenschaft für etwas durchbricht, verfärben sie sich so. Dieses Mittelrosa ist genau der Farbton, den ich für unsere eigene Hochzeit im Sinn hatte.«

Lana wandte sich von ihren Blicken ab. Mac ließ ihr Kinn los, doch sie spürte seinen intensiven Blick noch immer auf ihrem Gesicht.

»Unsere Farben waren Pflaume und Mittelrosa«, fuhr er fort. »Pflaume deshalb, weil eine Spur dieser Farbe in ihren Augen zu finden ist. Können Sie es sehen?«

Nancy beugte sich vor und starrte Lana mit zusammengekniffenen Augen an. »Ja.« Nancy lächelte. »Ich glaube, ich sehe es.«

»Es war ein wunderschönes Arrangement.« Mac schloss das Musterbuch. »Zu schade, dass du es verpasst hast, Lana.«

Mac erhob sich von der Couch. Zu Lanas Verblüffung ächzte das grazile Möbelstück beim

Lastwechsel nicht. Lana fühlte sich stattdessen losgelöst, als ob sie ein Schiff auf hoher See war, das erst jetzt den Verlust seines Ankers bemerkte.

Nancy beobachtete Lana. Die gehobenen Augenbrauen der Frau sagten alles. *Du warst so dämlich, diesen Mann gehen zu lassen.*

»Sind wir hier fertig?«, fragte Lana.

»Fürs Erste«, sagte Mac. »Wir sagen Ihnen wegen der Schriftart für die Einladungen morgen Bescheid, Nancy.«

Ein knurrendes Geräusch ertönte im ruhigen Laden. Lanas Magen war das nicht gewesen. Nein, das Knurren war direkt von ihren Lippen gekommen. Sie wollte nicht hierher zurückkehren und Schriftarten diskutieren.

Mac hielt ihr die Tür auf, als sie hinausging. Die Glöckchen über der Tür klingelten und wünschten ihnen einen schönen Tag.

Eine Weile gingen sie schweigend nebeneinanderher. Sie hatten oft Zeit in völliger Stille verbracht, als sie jünger gewesen waren. Mac hatte dann in irgendwelchen Hochzeits- oder Militärmagazinen geblättert, und Lana hatte die aktuellen Nachrichten gelesen und irgendwelche Nachforschungen angestellt. Sie waren einfach glücklich und zufrieden gewesen, zusammen zu sein. Jetzt jedoch war Lana ein Nervenbündel.

Mac nahm den Verlobungsring aus der Tasche. Er warf ihn in die Luft und fing ihn mit einer Hand wieder auf. Das Gras neben ihm wuchs hoch. Wenn er danebengriff, würde der Ring für immer verloren sein.

»Sei damit vorsichtig?«, zischte sie nach einem weiteren Wurf.

Mac zuckte mit den Achseln. »Was kümmert es dich?«

Sie wollte ihm sagen, dass der Ring ihr gehörte. Dass er ihr im vergangenen Jahr der einzige Trost gewesen war. Dass er ihr das Gefühl von Sicherheit vermittelt hatte, wenn sie seine Stimme nicht hören und seine Arme nicht um sich spüren konnte.

Am Ende war alles, was sie sagte: »Sei vorsichtig damit, *bitte*.«

Mac blickte auf sie herab. Überall, wo sein Blick sie berührte, wurde ihr warm. Schließlich streifte er den Ring über seinen kleinen Finger, und Lanas Unruhe legte sich.

Schweigend gingen sie weiter. Nur wenige Zentimeter trennten seine Schulter von ihrer. Lana hielt einige Schritte lang die Luft an, wartete darauf, dass sein Arm ihren streifte, aber das geschah nicht.

»Wir haben heute gute Arbeit geleistet«, sagte er, als sie Lanas Auto erreichten. »Aber morgen brauche ich deinen vollen Einsatz. Wir müssen die Gedecke festlegen und die Einladungen abschließen.«

Lana hielt ihr Stöhnen nicht zurück. »Ich verstehe nicht, wozu du mich brauchst. Du und Nancy habt das gut ohne mich im Griff.«

»Stimmt.« Mac nickte und blickte die Straße hinunter zum Brautmodenladen zurück. »Ich denke, Nancy und ich könnten das gut alleine hinbekommen.«

Lana biss die Zähne aufeinander. Sie hatte es gewusst. Die Möglichkeit bestand durchaus, dass Mac mit ihr abgeschlossen hatte. Aber im tiefsten Innern ihres Herzens glaubte sie das nicht.

»Aber ich will dich.« Seine Stimme war sanft, die Worte bestimmt. »Und wir haben einen Deal gemacht.«

»Du vertraust darauf, dass ich mein Wort halte?« Lana hielt seinem Blick nicht stand. Stattdessen blickte sie auf seine Hosentasche, in der er ihren Ring gefangen hielt.

Mac zog die Hand heraus, doch der Ring blieb in der Hosentasche verborgen.

Lana beobachtete seine Finger. Er streckte den

Zeigefinger nach ihr aus und berührte ihren Scheitel damit, strich sanft über ihre Schläfe. Als er in die Nähe ihrer Lippen kam, zog Mac seine Hand zurück.

»Sehen wir uns morgen?«, fragte er.

Lana musste ein paarmal schlucken, bevor sie antworten konnte. »Ich werde da sein.«

Er betrachtete sie mit zusammengezogenen Augenbrauen. Ein Zahn blitzte weiß auf, als er damit auf seine Unterlippe biss. Schließlich – als hätte er eine Entscheidung getroffen – nickte er knapp. Mit einem kurzen Heben der Brauen schob er seine Hand zurück in die Hosentasche, drehte sich um und ging davon.

KAPITEL ZWÖLF

Mac blickte hinauf zu den Sternen, die vom dunklen Firmament herabfunkelten. Sein Geist kehrte zu dem Moment zurück, an dem er den Verlobungsring ins Mondlicht gehalten und dieser Sternenlicht reflektiert hatte.

Die Sonne würde in weniger als einer Stunde aufgehen. Er hatte keinen Schlaf gefunden. Es war genauso gewesen wie damals, in der Nacht vor seiner Hochzeit. Mac hatte den ganzen Tag damit zugebracht, seiner Familie und seinen Freunden zu versichern, dass Lana am nächsten Tag auftauchen würde. Dann hatte er die Nacht mit dem Versuch verbracht, sich selbst davon zu überzeugen.

Sie liebte ihn. Er liebte sie. Das war alles, was sie brauchten.

Nur dass das eben nicht genug gewesen war.

Mac war am Morgen seiner Hochzeit mit einem unguten Gefühl aufgewacht, mit demselben Gefühl in der Magengrube, das er in jeder letzten Nacht der gemeinsamen Sommer gespürt hatte, seit er sechs Jahre alt gewesen war. Selbst in diesem zarten Alter hatte Mac gewusst, dass, wenn der Sommer vorüber war, etwas Gutes zu Ende ging.

Am Morgen der Hochzeit war er mit einem leeren Gefühl im Magen aufgewacht. Als er aufgestanden war, hatte sein Herz gepocht, und als er sich angezogen hatte, hatte seine Haut von den Zehenspitzen bis zu den Fingerspitzen geprickelt. Lana hatte ihre eigene Wohnung in der Nähe ihrer Arbeit gehabt und geplant, in der Nacht vor der Hochzeit bei ihren Großeltern zu schlafen. Das Licht im Haus gegenüber war in jener Nacht allerdings nicht ein einziges Mal angegangen. Am Morgen war Mac dann zur Kirche gefahren und hatte Familie und Freunden bekanntgegeben, das Lana nicht kommen würde.

Er hatte nicht gewusst, wo sie war. Er war nicht in ihr Büro gefahren, um mit ihr zu sprechen, denn er hatte gewusst, dass es ihm den Rest gegeben hätte, wenn er sie dort lächelnd an ihrem Laptop über eine Story gebeugt sitzen gesehen hätte.

Mac hatte Lana viele Stunden seines Lebens beobachtet, wie sie an ihren Storys schrieb und lächelte, wenn sie eine clevere Formulierung gefunden hatte. Er hatte immer gedacht, dass er Teil ihrer Welt war, aber in jenem Moment, als seine Familie und Freunde ihn zu trösten versucht hatten, war er sich ganz und gar allein auf der Welt vorgekommen.

Ein neuer Morgen brach auf der Vance Ranch an. Macs Magen war leer, doch er ging am Kühlschrank vorbei. Er holte tief Luft, um seinen rasenden Herzschlag zu beruhigen. Es nützte allerdings nichts. Mac rieb die Finger an den Hosenbeinen, doch die kräftigen Bewegungen ließen das Kribbeln in seinen Fingerspitzen nicht verstummen.

Die täglichen Arbeiten hatten bereits begonnen, obwohl die ersten Sonnenstrahlen erst noch über den Horizont kriechen mussten. Mac hörte, wie Brenda Angel, ihrem Rancharbeiter, Aufgaben zuteilte. Keaton war ebenfalls bereits aufgestanden und reinigte zusammen mit Rusty und Porco die Koppeln. Grizz und Spinelli waren auf dem Weg, das Futter vorzubereiten. Obwohl es Frühling war,

war das Gras der Weiden für die Rinder zum Grasen noch nicht grün genug.

Mac entschied sich, Grizz und Spinelli zu begleiten, hielt jedoch inne, als er am Gehege des verletzten Bullen vorbeikam. Das Tier lag mit herabhängendem Schwanz auf dem Bauch und blickte resigniert auf seinen Nachfolger.

Die einst stolze Kreatur sah elend aus, wie sie im geschwächten Zustand danieder lag. Vor wenigen Wochen noch war der Bulle der King gewesen und bereit dafür, zu tun, wofür er gezüchtet worden war, bereit dazu, nett zu den Kühen zu sein. Der Bulle war jedoch überrumpelt worden, und jetzt wurde er übergangen und war fast schon vergessen. Der Weg vor ihm, der nur wenig zuvor deutlich vorgezeichnet gewesen war, lag nun im Nebel der Ungewissheit.

»Sie ist also zurück«, ertönte ein missbilligendes Grollen neben ihm.

Seit Patty und Brenda von Lanas wahrer Identität erfahren hatten, erwartete Mac dieses Gespräch. Er war seinen beiden Freunden am vergangenen Abend aus dem Weg gegangen, was nicht besonders schwer gewesen war, da diese frisch verheiratet waren und lieber ihren Feierabend mit ihren Frauen verbrachten.

Mac holte tief Luft und wandte sich zu Keaton und Grizz um. Er kannte den Ausdruck auf ihren Gesichtern. Es war der gleiche, den sie an seinem Hochzeitstag getragen hatten, als sie mit ihm aus der Kirche gegangen waren, der gleiche, als Lana seinen dritten Heiratsantrag abgelehnt hatte.

»Doch du bist nicht bei ihr«, sagte Keaton. »Daher nehme ich an, dass du ihr gesagt hast, wohin sie verschwinden soll.«

»Ich treffe sie später.« Mac lehnte sich an den Zaun des Geheges. Er blickte lieber in die glasigen Augen des Bullen, als sich dem Funkeln in den Augen seiner Freunde zu stellen.

Keaton fluchte leise. Grizz starrte ihn einfach nur an.

»Tu dir das nicht noch einmal an, Mackenzie«, sagte Keaton. »Du weißt genau, wie die Sache ausgeht.«

Nein, wusste er nicht. Dieses Mal war es anders. Dieses Mal war sie zu ihm gekommen.

Zufälligerweise zwar, doch sie war noch immer hier.

»Du hast letztes Mal gesagt, es sei das letzte Mal«, erinnerte Keaton ihn.

»Ich habe das nie gesagt. Das hast du gesagt.«

»Stimmt. Aber sie hat dich am Altar stehen

lassen und damit bewiesen, dass sie nicht mit dir verheiratet sein will.«

Mac hielt protestierend einen Finger hoch. »Genau genommen, nicht am Altar. Sie hat mich an meinem Schlafzimmerfenster stehen lassen.«

Keaton schüttelte den Kopf und winkte resigniert ab. Er wandte sich dann aber an Grizz und wies mit einer schnellen Kopfbewegung auf Mac, eine Geste unter den beiden lebenslangen Freunden, bei der einer dem anderen den Kampf abtrat.

»Mackenzie«, sagte Grizz. »Ich muss ihm zustimmen. Diese Frau hat dir nichts als Ärger eingebracht.«

»Das stimmt nicht«, widersprach Mac.

Es stimmte wirklich nicht. Lana war der Lichtblick in seinem Leben. Keaton und Grizz hatten das nie verstanden. Sie hatten ihr nie eine Chance gegeben. Alles, was sie sahen, war, wie sie Verabredungen auswich, Heiratsanträge ablehnte und die Hochzeit platzen ließ.

»Sie wird sich niemals binden«, sagte Keaton.

»Sagen der Mann mit dem Fünfjahresplan für eine Ehe und der Mann, der niemals heiraten wollte.« Mac blickte zuerst Keaton und dann Grizz scharf an.

»Stimmt«, gab Keaton zu. »Aber Brenda hat

gleich beim ersten Mal ja gesagt. Dann hat es ein paar Tage gedauert, bis wir uns verliebt haben.«

Das war der Unterschied. Lana hatte Mac geliebt. Sie liebte ihn noch immer. Dessen war er sich sicher. Und wenn er sich nicht sicher gewesen wäre, hatte er den Beweis in seiner Tasche.

»Lana sagt immer wieder nein oder läuft davon«, fuhr Keaton fort.

»Sie hat den Ring die ganze Zeit getragen«, erwiderte Mac und hielt das Beweisstück hoch. Sie hatte ihn nicht nur behalten, sondern auch am Finger getragen, wo jeder Man ihn sehen konnte.

»Du meinst den Ring in deiner Hand?«

»Ich habe ihn zurückgenommen«, sagte Mac. »Ich gebe ihn ihr nicht wieder, bevor sie mich darum bittet.«

Grizz kreuzte die mächtigen Arme über der Brust, doch die Muskeln schienen nachzugeben, als er sich entspannte. Ein Teil der Anspannung verließ auch Keaton. War es möglich, dass sie einlenkten?

»Leute«, sagte Mac. »Ich weiß, dass ihr mich beschützen wollt, doch ihr müsst einsehen, dass sie die Einzige für mich ist.«

Nach einem langen Moment, in dem Keaton ihn anfunkelte, warf dieser die Hände in Luft und gab auf. Grizz zuckte mit den Achseln und ließ die

Hände sinken. Mehr an Zustimmung würde Mac von ihnen nicht bekommen.

»Ich treffe sie in einer Stunde«, sagte Mac. »Sie hat zugestimmt, mir bei der Planung eurer Hochzeit zu helfen.«

»Bei der Planung unserer Hochzeit?«, fragte Keaton. »Ist das eine gute Idee?«

Mac ignorierte die Frage. Es war die beste Idee. Solange Keaton und Grizz ihren großen Tag nicht selbst vorbereiten wollten, würden Mac und Lana ihre Hochzeitsplaner sein. »Habt ihr etwas dagegen, wenn ich etwas früher verschwinde?«

Mac wartete nicht auf eine Antwort. Er ging zur Scheune, wo Brenda die Pferde unterbrachte. Als er den Sattel für eine der Stuten vorbereitete, spürte er erneut das Kribbeln in den Fingern, und als er das Pferd bestieg, fing sein Herz an zu rasen, noch bevor das Tier zu traben begann. Er machte sich auf den Weg zur Purple Heart Ranch, und sein Magen begann zu grummeln.

Was war, wenn Lana nicht auftauchte?

KAPITEL DREIZEHN

Lana steckte den Kugelschreiber in ihren lockeren Haarknoten. Der Notizblock steckte steif in ihrer Gesäßtasche. Sie spazierte auf dem Gelände der Purple Heart Ranch im grellen Licht des neuen Tages herum und machte sich dabei nicht die Mühe, Schatten zu suchen. Heute hatte sie nichts zu verbergen.

Dylan Banks stand im Vorgarten des Haupthauses, vor dem Lana vor ein paar Tagen abgefertigt worden war. Der junge Soldat rannte hinter einer Gruppe kleiner Kinder her. Sein künstliches Bein behinderte ihn dabei nicht. Ein Rudel Hunde sprang zwischen dem Mann und den Kindern umher, ein zusammengewürfelter Haufen aus Fell mit kahlen Stellen, fehlenden

Gliedmaßen und eigenen Prothesen. Die Fellknäuel wirkten alle, als hätten sie ihrerseits Kriegsgebiete kennengelernt, doch sie grinsten breit, und ihre heraushängenden Zungen schienen anzuzeigen, dass sie Spaß hatten und viel Liebe erfuhren.

Dylan fing eines der Kinder ein und schwang es in seinen Armen herum. Der kleine Junge mit der Haut wie Milchkaffee trug einen Kopf voller dunkler Locken. Dylan warf das glucksende Kind in die Luft und fing es wieder auf. Es hatte keinerlei Ähnlichkeit mit Dylan, doch das Gesicht des Mannes strahlte voller Liebe, als das Kind davontrippelte, um sich wieder ins Gewühl zu stürzen.

Die Wolken am Himmel bewegten sich und warfen Schatten auf Lana, als Dylan den Blick hob. Sein Grinsen verblasste, als er sie erkannte.

»Miss Hunt?«

Lana zuckte bei der Nennung ihres richtigen Namens zusammen. »Hallo nochmal, Sergeant Banks.«

»Sergeant Kenzie hat Sie angekündigt. Ich nehme an, er war der Macklemore, den Sie meinten.«

Eine Wolke verharrte über Lanas Kopf, und sie

spürte, wie ihr der Schweiß über den Rücken lief. »Tut mir leid, dass ich Sie angelogen habe.«

Dylans Brauen hoben sich und wanderten wieder hinab. »Warum haben Sie gelogen?«

Lana zog den Stift aus ihren Haaren, entfernte dessen Kappe und steckte diese sogleich wieder auf das Schreibgerät. »Als ich anrief und die Wahrheit sagte, wollten Sie mir Ihre Geschichte nicht erzählen.« Sie steckte den Stift zurück in Haarknoten. »Ich brauchte die Story.«

»Wir sind Privatpersonen hier«, sagte Dylan. »Familien. Wir haben keine Lust, unsere Angelegenheiten auf dem Cover eines Hochglanzmagazins wiederzufinden.«

»Wir sind eine digitale Zeitschrift. Kein Hochglanz also.«

Dylan erwiderte ihr forsches Grinsen nicht.

»Diese Männer und Frauen haben genug durchgemacht«, fuhr er fort. »Wir haben hier Frieden gefunden, eine Gemeinschaft. Vermutlich könnte man uns schon als eine Art Sekte bezeichnen.«

Die Stirn, die Dylan eben noch gerunzelt hatte, glättete sich, doch jetzt legte Lana die Stirn in Falten. Hatte der Mann sie gerade beleidigt, oder machte er Scherze? Trotz ihrer Fähigkeit, Menschen gut einschätzen zu können und deren Lebensgeschichten herauszukitzeln, gelang es ihr nicht, Dylan einzuordnen.

»Wie auch immer, Mackenzie hat für Sie gebürgt«, sagte er.

Ein kleines Lächeln umspielte Lanas Lippen. Sie hatte schon eine ganze Weile niemanden mehr Mac so nennen hören. Die meisten seiner Freunde fügten seinen Vor- und Nachnamen zusammen und ließen ihn damit wie einen Eroberer aus den schottischen Highlands erscheinen. Lana musste sich einen Ruck geben, um das Bild von Mac in einem Kilt aus ihrem Geist zu verscheuchen.

»Er sagte, Sie wären der Typ Reporter, der zum Kern einer Story vordringt.«

»Mac hat das gesagt?« Wärme ging von ihrem Herzen aus und überflutete sie. Die Wärme reichte bis zu ihrer Wirbelsäule und trocknete den Schweiß, der gerade noch unablässig ihren Rücken hinuntergelaufen war. »Über mich?«

»Was überrascht Sie daran?«

Was überraschte sie an allem, was Mac tat? Egal wie oft sie den Mann von sich weggeschoben hatte, er war immer wieder an jene Stelle zurückgekehrt, an der sie ihn verlassen hatte. Er war immer schon da und wartete auf sie, wenn sie aufschaute. Lana berührte die leere Stelle an der linken Hand mit ihrem Daumen und verspürte heftige Gewissensbisse.

»Ich nehme an, er war der Verlobte, den Sie meinten.«

Lana nickte.

»Hmm.« Dylans Mund entspannte sich.

»Hmm?«, ahmte Lana ihn nach.

»Nun ja, wir haben eine Menge über Sie gehört.« Dylan kratzte sich am Kinn, als er sie betrachtete.

»Mac hat Ihnen von mir erzählt?«

»Seit er hierherkam, hat er nicht aufgehört, von der Frau zu erzählen, die er heiraten wird. Er sagte, die Ranch könne ihm nichts anhaben, da er bereits die Liebe seines Lebens gefunden habe.«

Ja, das klang ganz nach Mac. Er war sich ihrer immer schon so sicher gewesen, hatte nie daran gezweifelt, dass sie für den Rest ihres Lebens zusammen sein würden. Die Wärme, die ihren Körper durchströmte, versiegte. Sie umfing zwar noch immer ihr Herz, doch die Schweißtropfen auf ihrem Rücken kehrten zurück. Auch auf ihrer Stirn bildeten sich welche.

Dylans Blick blieb auf sie gerichtet. Seine braunen Augen bannten sie an ihren Platz, stellten Lana Fragen, die sie nicht beantworten konnte.

Der Klang von Hufen enthob sie der Notwendigkeit, einen zusammenhängenden Satz bilden zu müssen. Als sie hinüberschaute, sah sie Mac auf einem wundervollen Pferd heranreiten. Sein breites Grinsen strahlte unter dem Cowboyhut hervor. Sie hatte Mac in Paradeuniform gesehen und mit freiem Oberkörper in Badehosen, doch Mac Kenzie mit Cowboyhut und ein paar geöffneten Hemdknöpfen auf einem Pferd ließ ihr Herz einen Schlag aussetzen und ihre Handflächen schwitzen.

»Hmm«, murmelte Dylan einmal mehr.

Als Lana zu Sergeant Banks blickte, sah sie dort nicht länger ein abweisendes Stirnrunzeln. Ein leises Lächeln zeigte sich auf dem hübschen Gesicht.

»Egal«, sagte Dylan. »Ich habe mir diesen Ort als Hafen für die Verwundeten vorgestellt. Wenn Männer und Frauen aus Kriegsgebieten zurückkehren, lassen sie unglücklicherweise Teile von sich selbst in jenen Gebieten zurück. Schreiben Sie von diesem Interview denn nichts auf?«

Lana war zu beschäftigt gewesen, Mac beim Absteigen und Anbinden des Pferdes zuzuschauen. Sie brauchte einen Moment, bis ihr wieder einfiel, dass sie einen Job zu erledigen hatte. Sie schnappte sich den Stift aus ihren Haaren und zückte den Notizblock.

»Die Purple Heart Ranch ist ein Ort, an dem

viele Soldaten körperlich und seelisch gesunden können.«

»Aber nur, wenn sie heiraten?«, fragte Lana.

»Heiraten ist keine Vorbedingung, zur Heilung hierzukommen. Es ist eine Bedingung, wenn sie hierbleiben wollen. Das liegt an einer Verordnung, Miss Hunt. Das ist kein kultisches Ritual.«

»Wenn das eine kommunale oder staatliche Verordnung ist, könnten Sie das ändern lassen.«

Dylans Lächeln wurde breiter. Jetzt war es vollständig und strahlte so hell und voller Glück, dass Lana zu verstehen glaubte, warum seine Frau einer Zweckehe zugestimmt hatte.

»Wir könnten das ändern«, stimmte er zu. »Doch es leistet uns gute Dienste.«

Das war ein schöner Gedanke, wirklich. Und wenn sie romantisch veranlagt gewesen wäre oder für eine Frauenzeitschrift gearbeitet hätte, wäre das die perfekte Story. Stattdessen sah Lana, wie sich die Geschichte, die sie geplant hatte, vor ihren Augen auflöste. Der Ort entsprach immer weniger der Niederlassung einer Sekte. Er wirkte eher wie die Heimat einer Gemeinschaft und ähnelte damit mehr der, in der Lana ihre Sommer mit ihren Großeltern verbracht und sich in den Jungen von nebenan verliebt hatte.

Lana beobachtete Mac, wie er auf sie zukam. Zuschritt, traf es wohl eher. Sie hatte ihm immer gern zugesehen, wenn er sich bewegte, insbesondere, wenn ihn diese Bewegungen näher zu ihr brachten. Ganz ehrlich, sie hatte auch nichts dagegen, wenn er von ihr wegging, denn er hatte ihr gezeigt, dass er immer zu ihr zurückkehren würde.

Mac ließ sich Zeit auf dem Weg zu Lana. Die Sonne stand hinter ihr, umarmte sie mit ihrer Wärme wie ein Geliebter. Mac war auf die Sonnenstrahlen nicht eifersüchtig, er konnte es nicht sein. Es raubte ihm den Atem, wie das Lichterspiel über Lanas Körper tanzte.

Lana beobachtete ihn ebenfalls. Ihre Lippen öffneten, ihre Pupillen weiteten sich. Ihre Nasenflügel bebten. Er kannte diesen Ausdruck in ihren Augen. Er hatte ihn gesehen, als sie das erste Mal bemerkt hatte, dass er mehr Mann als Junge geworden war. In der Zeit davor, war Lanas Blick, wenn sie zusammen waren, meist nach unten gerichtet gewesen. Ihre Augen waren über Worte auf dem Papier oder Bilder auf einem Bildschirm gehuscht, doch an jenem Sommertag hatte sie zum siebzehnjährigen Mac aufgesehen, ihr Stift war mitten in der Bewegung verharrt, und er hatte das Aufflackern von Interesse in ihren Augen gesehen, jenes Aufflackern, wenn Details oder Tatsachen sie in ihren Bann zogen.

»Hast du genug für deine Story?«, fragte er.

Lana legte den Kopf in den Nacken, um seinem Blick zu begegnen. Die Bewegung ermöglichte es den Sonnenstrahlen über ihren Hals zu tanzen. Den Kugelschreiber hielt sie locker in ihrer Hand. Sie biss sich auf die Unterlippe. Der Stift entglitt ihr, und Mac hätte vor Freude springen können. Das aufflackernde Interesse in ihren Augen hatte *ihm* gegolten. Es hatte rein gar nichts mit ihrer Story zu tun.

»Ich lass euch zwei mal allein«, sagte Dylan. Mit einem wissenden Grinsen drehte er sich um und eilte der Gruppe nach, die sich stetig weiter den Weg entlang bewegte.

Mac richtete seine Aufmerksamkeit wieder auf Lana. Sie hatte den Stift aufgehoben und sah auf ihren Notizblock. Die Röte verschwand allmählich aus ihren Wangen.

»Du findest das nicht seltsam?«, fragte sie.

»Was?«, fragte Mac und kam näher. Sie roch wie immer, nach Kaffeebohnen und Sahne.

»Dieser Ort.« Sie zeigte mit dem Stift darauf. »Er ist zu schön, um wahr zu sein.«

Lana wedelte mit dem Notizblock und dem Stift herum, als wollte sie die ganze Ranch einschließen. Mac ignorierte ihre Reporterwerkzeuge und konzentrierte sich auf ihre Haare. Die mitternachtsschwarzen Locken fingen die Sonnenstrahlen ein, wenn sie ihren Kopf drehte. Mac biss sich auf die Lippen, als sie ihn vorwärts lockten, näher zu ihr.

»Vielleicht ist die Wahrheit einfach eine gute Sache«, sagte er und stahl sich einen Schritt näher.

Lana schüttelte den Kopf mit ihren strahlend blauen Augen, die von der zarten Haut ihrer Wangen und dem dunklen Ton ihrer Haare umrahmt wurden. Mac hätte auf einmal für eine Tasse Kaffee sterben können.

»Du hast schon immer durch eine rosarote Brille auf die Welt geblickt«, sagte sie.

»Ich liebe Rosen. Nach der Hässlichkeit des Kampfes, tut es gut, zu verweilen und an ihnen zu riechen.«

Er schürzte die Lippen für eine Sekunde, nachdem die letzten Worte seine Lippen verlassen hatten, doch es war zu spät. Sie hatte seine Andeutung begriffen.

Nachdem Lana ihn sitzengelassen hatte, hatte Mac noch eine letzte Mission als Army Ranger angenommen, die schwierig gewesen war, doch er hatte Befehle gebraucht, jemanden, dem er folgen konnte. Sonst wäre er ihr nachgelaufen.

Mac hatte vor Lana nie viele Geheimnisse gehabt, gewisse Details seines Militärdienstes hatte er allerdings beschönigt. Er hatte ihr lieber von der Landschaft erzählt, wo er stationiert gewesen, von der Kultur und den Menschen, zu deren Hilfe er dorthin geschickt worden war, aber nie von der Hässlichkeit.

Er hatte das nicht getan, weil er glaubte, dass sie es nicht verkraftete. Inzwischen wusste er, dass sie das konnte. Lana war ein Soldatenkind wie er. Mac hatte einfach lieber Zeit mir ihr in Frieden oder voller Leidenschaft verbracht.

Lana hob den Blick und sah ihn an. Sie schloss die Distanz zwischen ihnen. Sie musste dafür nicht weit gehen. Wie immer, denn Mac hatte schon den größten Teil der Entfernung überbrückt. Ihre Hand ruhte auf seiner Wange. Ihre Wärme übertrug sich auf ihn, überflutete seinen Körper mit Erinnerungen daran, wie er sie festgehalten hatte, wie er seine

Nase in ihren Haaren vergraben hatte, wie er ihre Lippen erobert hatte. Das Verlangen nach ihr zwang Mac beinahe in die Knie.

Wie hatte er diese vielen Monate ohne sie verbringen können? Wie war es dazu gekommen, dass er ihr an jenem Tag im letzten Sommer nicht sofort hinterhergelaufen war? Warum küsste er sie jetzt nicht?

»Bist du verletzt worden?«, fragte Lana.

Macs Lächeln wankte. Er nahm ihre Hand von seiner Wange und umschloss ihre Finger. »Ich bin verletzt dorthin gegangen.«

Lanas Augenlider schlossen sich. Sie presste ihre Lippen aufeinander und schluckte.

Mac wollte fluchen. Es war so lange her, dass er in ihre Augen hatte schauen können. Doch er wollte seine Worte nicht zurücknehmen. Sie waren die Wahrheit.

»Ich wollte dich nicht verletzen, Mac.« Sie schüttelte sanft den Kopf, öffnete die Augen jedoch nicht. »Ich war einfach noch nicht bereit.«

Mac starrte auf Lana herab und spürte bei ihrem Anblick, wie sein Herz einen Schlag aussetzte. Er spürte, wie sich seine Brust mit Luft füllte und bei ihrem Anblick nur darauf wartete, beim Ausatmen einen langen Seufzer zu formen. Seine Finger krümmten sich vor Verlangen, als er sie an ihre Wange legte.

Mac riss seine Hand von ihrem Gesicht fort und trat einen Schritt zurück.

»Wir sind viele Jahre miteinander ausgegangen«, sagte er. »Heiraten war der logische nächste Schritt.«

Lanas Augen fuhren auf und verengten sich. »Wir sind nicht miteinander ausgegangen, du warst jahrelang hinter mir her. Wir sind erst vor zwei Jahren offiziell ein Paar geworden. Du hast mich beim zweiten Date gefragt, ob ich dich heiraten würde.«

»Du hast gewusst, dass ich dich seit vielen Jahre liebe«, entgegnete er.

»Du hattest Bock darauf, in mich verliebt zu sein. Ich habe damals immer noch versucht, herauszufinden, wer ich überhaupt war.«

»Bock darauf? Seit wann verwendest du Worte wie Bock haben?«

»Es ist alles so schnell passiert.« Lana schob den Stift hinter ihr Ohr, behielt den Notizblock aber in der Hand und wedelte damit um ihn herum, als wollte sie Beweise einfangen, die ihren Standpunkt untermauerten. »Ich habe Ja zu einem Date gesagt. Du hast mich noch am selben

Wochenende zu deiner Freundin gemacht. Am darauffolgenden Wochenende bist du auf dein Knie gegangen und hast mir einen Heiratsantrag gemacht. Ich hatte keine Zeit gehabt, zu Atem zu kommen.«

»Warum hättest du zu Atem kommen müssen?«

»Weil ich mir nicht sicher war.« Die Seiten ihres Notizblocks flatterten gereizt, als sie ihre Hände in die Luft warf. »Du hattest deine Story längst geschrieben. Du hast mir keine Möglichkeit gegeben, irgendwelche Details hinzuzufügen. Alles musste deinem Entwurf folgen.«

Mac wiegte sich auf seine Fersen. »Willst du mir damit sagen, dass du nicht das Gleiche gefühlt hast?«

»Das habe ich. Natürlich habe ich das.« Lana stopfte den Notizblock in ihre Gesäßtasche. »Letztenendes.«

Macs Herz hörte auf, ganze Schläge auszusetzen. Stattdessen raste es nun, um mit dem Tempo der Enthüllungen Schritt zu halten. Lana war immer eine vorsichtige Frau gewesen. Sie hatte immer alle Details wissen wollen, bevor sie sich zu etwas verpflichtete. Darum hatte er alles für sie geplant, das Werben um sie, ihre Dates und ihre Hochzeit.

»Du hast gesagt, dass du mich liebst, seit jenem

ersten Tag, als wir sechs gewesen waren.« Als sie das sagte, klang sie erschöpft, nicht begeistert.

»Nein. Ich habe damals gesagt, dass ich weiß, dass ich dich einmal heiraten werde.«

»Ich wusste damals nicht, wo ich im nächsten Monat leben würde, und du hast bereits meine Zukunft verplant.«

»Ich habe unsere gemeinsame Zukunft geplant.«

»Sicher.« Sie kreuzte ihre Arme vor ihrer Brust und umklammerte dabei ihre Unterarme. »In pfirsichfarbenen Grundtönen und Pflaume als Akzentfarbe.«

»Mittelrosa«, korrigierte er. »Das brachte deine Hautfarbe zur Geltung.« Falls sie seine Fähigkeiten als Hochzeitsplaner herabwürdigte, ging sie entschieden zu weit. »Du hast gesagt, dass es dir egal ist, was ich auswähle. Du hast gesagt, dass du nur auftauchen willst. Und nicht mal damit konntest du umgehen.«

Bei diesen Worten ging Lana auf Abstand. Ihre Hände fielen an ihre Seiten, zu Fäusten geballt.

»Es tut mir leid«, sagte er.

Und das tat es. Sein halbes Leben hatte Mac damit zugebracht, ein Lächeln auf das Gesicht dieser Frau zu zaubern. Er hatte an ihrem Lachen gehangen und jede ihrer Berührungen geliebt. Selbst jetzt raste sein Herz, und seine Brust rang nach Luft. Seine Hände sehnten sich danach, sie festzuhalten.

»Nein«, sagte sie durch zusammengebissene Zähne. »Mir tut es leid. Mir tut es leid, dass ich dir wehgetan habe. Noch mehr aber tut es mir leid, dass der Plan für mein Leben deinem Plan für mein Leben ins Gehege gekommen ist.«

Sie machte so schnell auf dem Absatz kehrt, dass der Stift den Halt in ihren Haaren verlor und zu Boden fiel, wo er leise aufprallte. Sie kehrte nicht zurück, um ihn aufzuheben. Mac bezweifelte, dass sie den Verlust überhaupt mitbekommen hatte.

Er sollte sie gehen lassen. Er sollte ihr zumindest einen Moment geben, um sich zu beruhigen.

Mac bückte sich nach dem Stift. Er rollte das Werkzeug zwischen seinen Händen hin und her. Dann, als könnte er sich nicht anders helfen, rannte er hinter ihr her.

KAPITEL FÜNFZEHN

Lana stürmte davon. Sie brauchte Abstand von Mac.

Seit ihrer gemeinsamen Kindheit war Mac unerbittlich hinter ihr her, hatte an ihre Tür geklopft und gefragt, ob sie zum Spielen herauskäme. Als sie sagte, dass sie von einem Buch gefesselt war, hatte er sich einfach auf den Boden gelegt, bis sie nachgegeben hatte und herausgekommen war.

Als sie Teenager gewesen waren, hatte er sie jeden Freitagnachmittag auf ein Date eingeladen, auch wenn sie ihm sagte, dass sie mit ihm nur befreundet sein wollte.

Sobald sie mit Verabredungen angefangen hatten, hatte er nur wenige Tage mit dem ersten

Heiratsantrag gewartet, obwohl sie sich noch vom Gefühl ihres ersten Kusses hatte erholen müssen.

Seit sie Mac Kenzie kannte, hatte er sie bekniet und bedrängt oder ihr so lange geschmeichelt, bis sie ihm gegeben hatte, was er verlangte. Das Problem war nur, dass Lana als Kind gerne mit ihm rausgegangen war und gerne mit ihm gespielt hatte. Den meisten Spaß hatte sie bei ihren Dates als Teenager gehabt. Als er sie gebeten hatte, den Rest ihres Lebens mit ihm zu verbringen, hatte ihr Herz zwar einen Schlag ausgesetzt, sich dann aber eingependelt, als hätte es den perfekten Rhythmus gefunden.

Ihr Leben war jedoch noch immer voller Trubel. Seit ihrem sechsten Lebensjahr war sie nicht zu Atem gekommen. Selbst jetzt, als sie in das nächstbeste Gebäude, das sich als Scheune entpuppte, hineinstürmte, konnte sie ihn hinter sich hören.

»Mac. Hör auf.« Lana wirbelte herum. »Bitte.«

Aber natürlich kam er dennoch näher. Als ob etwas wie ihre ausgestreckte Hand, die Schärfe in ihrem Blick oder ihr ausdrücklicher Wunsch ihn würde aufhalten können.

»Bitte.«

Und, oh Wunder, seine Schritte wurden kürzer. Einen halben Meter vor ihr, hielt er an, und anstatt ihr eine Moralpredigt zu halten, fragte er: »Willst du, dass ich gehe?«

Sein Anblick allein beruhigte Lanas Herzschlag bereits. Sie atmete leichter. Wie brachte er es fertig, ihr Herz sowohl zum Rasen zu bringen als es auch zu besänftigen? Wie schaffte er es, ihr in einem Moment den Atem zu rauben und ihre Atmung im nächsten Moment zu beruhigen? Warum brauchte sie im selben Raum sowohl Abstand von ihm als auch seine Nähe?

Als sie nicht sofort antwortete, trat er noch näher an sie heran.

»Mac«, warnte Lana und hob ihre Hände wieder. Sie müsste ihre Finger nur ausstrecken, um seine Brust zu berühren.

»Du bist wütend«, stellte er fest.

»Weil du mich rasend machst.«

»Das will ich doch gar nicht.« Mac streckte die Hand aus, doch anstatt sie zu berühren oder sie näher zu sich heranzuziehen, öffnete er die Hand. Ihr Stift lag darin. »Sag mir. Was soll ich tun?«

Lana starrte auf den dargebotenen Stift. Ihre Brust hob und senkte sich in kurzen Hüben. Sie holte tief Luft, um ihm zu sagen … ja, was? Dass er weggehen sollte. Gleichzeitig aber auch, dass er sie küssen sollte, dass er sie festhalten sollte, aber auch, dass sie ihm am liebsten eins auf die Nase geben wollte.

Sie schnappte den Stift und schob ihn hinters Ohr. Als sie aufsah, war es bereits zu spät. Mac hatte den restlichen Abstand überbrückt. Seine Arme schlossen sie ein, doch er drückte sie nicht an sich. Seine Hände ruhten einfach nur auf ihren Schultern.

»Mac«, seufzte Lana.

»Ja?« Er legte eine Hand auf ihre Wange.

Lana fühlte das kühle Metall des Verlobungsrings an der Seite ihres Gesichts. Sie legte ihre Hand darüber und rieb den Ring mit ihrem kleinen Finger. Es beruhigte sie umgehend.

Sie wusste, was sie wollte. Sie wollte ihn zurück.

Den Ring.

Sie wollte den Ring zurück. Aber wollte sie auch alles, was mit dem Ring verbunden war?

Macs Gesicht kam näher, als könnte er ihre Gedanken lesen. Sie war zu müde und wartete daher auf das Unausweichliche. Er tat das immer wieder, zermürbte sie, bis sie sich seinen Wünschen beugte.

Als der erwartete Kuss nicht kam, blickte sie Mac stirnrunzelnd an.

»Ich will dich küssen«, sagte Mac. »Ist das etwas, das du möchtest?«

Lana biss sich auf die Lippen. Wenn sie ihm jetzt

den kleinen Finger gab, würde er die ganze Hand nehmen. Er würde sie küssen und ihr den Verstand rauben.

»Sag mir, was du willst, Lana, und ich gebe es dir.«

Lana schloss die Augen und rieb ihre Wange am Ring, suchte nach dem Frieden, den dieser ihr in dem Jahr, das sie von Mac getrennt gewesen war, gegeben hatte. Der Ring war ihr Sicherheitsnetz gewesen im Sturm, den ihr Leben ohne ihn als Anker an ihrer Seite geworden war. Er war das manifestierte Versprechen gewesen, an dem sie sich festgeklammert hatte.

Sie wollte den Ring zurückhaben. Würde es da schaden, von Mac ein wenig zu kosten?

Lana hob den Blick. Ihre blauen Augen wurden klar, als sie auf das Glitzern in seinen braunen Augen trafen. Was Mac auch immer in ihrem Blick sah, lieferte ihm die Antwort auf die Frage, die er wenige Sekunden zuvor gestellt hatte. Seine Lippen prallten auf ihre.

Mac Kenzie macht nie halbe Sachen. Er ging aufs Ganze. Er holte sich das, von dem er wusste, dass es ihm gehörte. Er vertiefte den Kuss.

Lana konnte es leugnen, so viel sie wollte, doch ihr Herz gehörte schon immer diesem Mann und würde immer seins bleiben. Kein Abstand, kein Raum, kein Atemzug würde das jemals ändern.

Egal, wer ihre Story entworfen hatte, egal, wer die Details einfüllte, genau so sollte die Geschichte von Lana Hunt und Mac Kenzie verlaufen.

Mac zog sie in seine Arme. Er nahm die Hand von der Wange und legte sie auf ihren unteren Rücken. Er drückte sie an sich. Lana trauerte dem Verlust des kühlen Rings nach, aber nur für einen kurzen Augenblick, denn das Feuer zwischen ihnen brannte zu hell, um sich um den Ring Gedanken zu machen.

Der Klingelton genügte erst nicht, um ihre Aufmerksamkeit von Macs Kuss abzulenken. Erst Macs Hand, die in ihre Tasche griff, um das Handy herauszuholen, brachte das fertig. Bevor er das Gerät jedoch herausholen konnte, kam Lana zu Sinnen. Sie runzelte die Stirn über seine Aktion.

Mac zuckte kurz mit den Achseln. In seinem Grinsen fand sie keine Spur eines Schuldgefühls. Einen Arm hielt er noch immer um sie geschlungen.

»Das ist meine Redakteurin.« Lana schnappte sich das Handy von ihm.

»Lass sie auf die Mailbox sprechen«, grollte Mac.

»Kann ich nicht. Ich muss da rangehen«,

beharrte sie und drückte gegen seine Brust. »Ich möchte, dass du mir etwas Raum gibst.«

Mac biss die Zähne zusammen, als das Handy weiter klingelte. Schließlich gab er nach und ließ sie los. Er ging aber nicht weg. Er lehnte sich einfach an die Wand und sah zu ihr herab.

Lana rollte mit den Augen und verließ das Gebäude.

Wie gewöhnlich hielt Reyanna sich nicht mit einer Begrüßung auf. »Lana, wie sieht die Lage bei Ihnen aus?«

»Ich habe Zugang zur Ranch und führe gerade Interviews.«

Wenn ihre Chefin sehen würde, wie Lana ihre Nachforschungen anstellte, würde sie vermutlich eine Augenbraue heben.

»Aber die Story nimmt eine andere Richtung«, fuhr Lana fort. »Diese Leute leben auf der Ranch. Sie sind Familien. Ich denke, ich mache daraus eine Wohlfühlgeschichte über die Heilung von Körper und Seele.«

Dylan Banks' Worte vor ein paar Tagen hatten abgedroschen geklungen, doch in ihren Ohren hatten sie jetzt einen anderen Klang. Vielleicht weil ihr Herz noch so von dem längst überfälligen Kuss pochte.

»Hmm, nein«, sagte Reyanna. »Heilung verkauft sich nicht, Skandale schon. Lassen Sie uns beim kultischen Ansatz bleiben.«

Lana blickte hinüber zu dem Feld, auf dem Familien ein Picknick abhielten. Sie erspähte Dylan Banks, wie er die Nase ins Haar einer hübschen Brünetten drückte. Zwei Hunde rannten um ihre Füße herum, und ein Kleinkind watschelte zu ihnen hin.

»Diese Story wird der Schwerpunktartikel sein«, sagte die Chefredakteurin. »Das wird Ihre Karriere hier beim *ChatterZine* festigen.«

Hinter Lana kam Mac aus dem Hauseingang. Sie spürte seine Anwesenheit, bevor sie sich zu ihm umdrehte. Sein Mundwinkel hob sich zu einem wissenden Blick, der sagte: Du weißt, dass du es willst, und ich werde geduldig darauf warten, dass du deine Meinung änderst. Lana versuchte, sich abzuwenden, doch sie konnte der Glut in seinen Augen nicht entkommen.

»Wird das ein Problem für Sie, Hunt?«

»Nein. Nein, das wird es nicht.«

KAPITEL SECHZEHN

Die Sonne versank langsam hinter dem Horizont. Die letzten Strahlen wärmten den Pullover zwischen Macs Schulterblättern. Er räumte die letzten Werkzeuge weg, steckte den Schraubenzieher jedoch in die Brusttasche seines Hemdes. Als die Jungs für einen kühlen Drink in der Stadt in Keatons Truck kletterten, sprang Mac stattdessen in den Fahrersitz seines eigenen Wagens.

Grizz und Keaton mieden seinen Blick, so wie sie es schon den ganzen Tag über getan hatten. Die beiden Männer mussten ihr Missfallen darüber, wo er hinfuhr, nicht explizit ausdrücken. Rusty und Porco dagegen, die beiden Männer, die an die Liebe glaubten, nickten ihm ermutigend zu, während

Spinelli, das Gehirn ihrer Truppe, Mac nur stirn-runzelnd ansah, als hätte er keine Ahnung, was vor sich ging.

Als Mac zwanzig Minuten später an seinem Ziel ankam, stellte er den Wagen auf dem Parkplatz des einzigen Motels der Stadt ab. Das idyllische Haus war einstöckig im Stil einer Ranch gebaut. Es gehörte nicht zu einer Kette, sondern einer Familie, die es auch betrieb. Mac sprang aus dem Wagen und schlang die Kleidertasche über seine Schulter. Der schwere Inhalt schlug gegen seine Schulter.

Mac ging am Haupteingang vorbei und umrun-dete das Gebäude. Die kleine Stadt war nicht gerade eine Touristenattraktion in Montana. Nicht viele Leute übernachteten hier. Daher war es einfach, das richtige Fenster zu finden.

Der Vorhang stand einen Spalt weit offen. Im Zimmer dahinter sah Mac eine Gestalt über einen Laptop gebeugt sitzen. Er holte den Schrauben-zieher aus der Hemdtasche und machte sich an die Arbeit. Er brauchte nur wenige Umdrehungen, um das Fenster zu öffnen. Er hörte ein leises Keuchen aus dem Zimmer, als das Fliegengitter nachgab. Die Fensterbank war tief genug, dass er das Bein einfach darüber heben und ins Innere steigen konnte.

Mac nahm sich einen Moment Zeit, um das

Gitter und die Scheibe wieder einzusetzen. Er zog die Schrauben wieder fest an, denn er wollte nicht, dass irgendein Verrückter später in der Nacht in das Zimmer eindringen konnte. Dann betrat er es, als ob er hierhergehörte. Denn er gehörte hierher. Wo sie sich aufhielt, gehörte er hin.

Lana starrte ihn nur an. Ihre schönen Augen waren geweitet, doch nicht unbedingt aus Überraschung. Ihre Wangen waren gerötet, die Lippen geöffnet. Ihre schlanken Finger verharrten über der Mitte der Tastatur.

Als Mac nahe genug an sie herangetreten war, beugte er sich vor und küsste sanft ihre Lippen. Nur ein kleiner Vorgeschmack. Er bedrängte sie nicht weiter, denn er wusste, dass sie gerade arbeitete. Er hatte ebenfalls Arbeit zu erledigen.

Er lächelte und rieb seine Nase an ihrer, bevor er in zwei Schritten zum gemachten Bett ging. Er streifte seine Stiefel ab, setzte sich mit gekreuzten Beinen aufs Bett und nahm ein Musterbuch aus der Umhängetasche. Er musste heute Abend unbedingt noch die Schriftarten für die Hochzeit von Brenda und Patty festlegen, um diese Information an Nancy weitergeben zu können, damit diese mit den Einladungen loslegen konnte.

Das schwere Buch öffnete sich mit einem Knistern und Knacken von Papier. Nachdem er ein paar Seiten umgeblättert hatte, hörte Mac, wie der Schreibtischstuhl verschoben wurde und das Klackern der Tastatur wieder einsetzte. Er lehnte sich in die Kissen auf dem Bett. Die Luft, die den weichen Kissen entwich, trug einen Hauch von Lanas frischem Duft mit sich. Mac machte es sich noch bequemer und richtete sich auf einen längeren Aufenthalt ein.

Das Kratzen des Stifts auf dem Papier, das Klicken von Nägeln auf der Tastatur, das sanfte Seufzen, das Lanas Lippen verließ, wenn sie sich konzentrierte, alles Geräusche, die Macs Ohren willkommen hießen. Schon nach kurzer Zeit verlor er sich in Schriftarten mit und ohne Serifen und versuchte, eine gute Balance zwischen kantigen Plakatschriften und geschwungenen Lettern zu finden, die zu den beiden Bräuten passten. Er war dabei so in das Betrachten der Schriften vertieft, dass ihm entging, wie das Tastenklappern aufhörte.

Die Matratze gab nach. Der erdige Geruch von gerösteten Bohnen mit einem süßen Hauch edler Sahne drang in seine Nase. Wärme schmiegte sich an seine rechte Seite. Mac sah auf. Lana hatte sich zu ihm aufs Bett gesellt.

»Hey«, sagte er.

»Hey«, erwiderte sie.

Sie sahen sich einen Moment lang nur in die Augen. Es war, als wäre das letzte Jahr weggeschmolzen, und sie beide saßen einfach in einem ihrer Sommerschlafzimmer wieder beisammen. Es fühlte sich richtig an, ein Gefühl, das Mac unbedingt erhalten wollte, und um das er kämpfen würde.

Sie hatte zu ihm gesagt, dass sie Abstand brauchte. Alles, was er anbieten konnte, war, im selben Raum mit ihr zu sein und ein paar Schritte von ihr weg zu sitzen. Der Schwarze Peter lag bei Lana. Sie musste die Distanz überwinden.

Sie kaute mit den Zähnen auf ihrer Unterlippe herum. Ihre Kehle arbeitete, als sie herunterschluckte, was sie sagen wollte. Ihr Blick fiel nach unten, jedoch nicht auf seinen Mund. Ihr Blick ruhte auf seiner linken Hand, genauer, auf dem kleinen Finger seiner linken Hand.

Mac beobachtete, wie sie die bloße Stelle am vierten Finger ihrer linken Hand rieb. Ihre Nasenflügel blähten sich, als sie den Verlobungsring an seiner Hand betrachtete. Sie leckte ihre Lippen, als wäre sie durstig. Ihr Mund war in Reichweite direkt vor ihm, reif für die Eroberung.

»Was siehst du dir an?«, fragte sie.

Mac sagte ihr beinahe haarklein, was er so genau betrachtete und was genau er damit tun wollte, doch sie sah ihm nicht ins Gesicht. Ihre Aufmerksamkeit war auf seinen Schoß gerichtet.

»Ich versuche, die perfekte Schriftart für die Hochzeitseinladungen zu finden.«

»Brauchst du Hilfe?« Lana rutschte zurück bis ans Kopfende des Bettes.

Mac fiel beinahe die Kinnlade herunter. »Wirklich?«

»Das war Teil unserer Abmachung, oder? Du verschaffst mir Zugang zur Ranch, und ich helfe dir bei den Vorbereitungen der Hochzeit.«

Das war der Deal. Doch Mac hatte nicht erwartet, dass sie ihren Teil des Handels einhalten würde. Er war froh, dass sie nicht sofort die Stadt verlassen hatte, als sie ihr Interview bekommen hatte. Noch glücklicher war er darüber, dass sie ihn nicht aus dem Motelzimmer geworfen hatte. Zu hören, dass sie bereit dazu war, ihm bei der Planung zu helfen … Was er davon halten sollte, wusste er noch nicht so recht.

»Ich weiß nicht, welchen Beitrag ich leisten kann«, sagte Lana. »Du weißt, dass ich kein sonderliches Händchen für so etwas habe.«

»Tja.« Mac lehnte sich vor und schob das Musterbuch so weit zu ihr hinüber, dass es zur Hälfte auf ihrem Schoß lag. »Du könntest an diese Sache herangehen wie an eine neue Story.«

Lana hob die Brauen, wie sie es immer tat, wenn irgendetwas ihre Aufmerksamkeit erregte. »Ich habe Brenda und Patty erst kennengelernt. Sie sind sehr verschieden. Keaton und Grizz …« Lana schnitt eine Grimasse. Sie faltete die Beine unter sich, was das Musterbuch von ihrem Schoß rutschen ließ. »Ich war ihnen nie besonders nah. Ich weiß, dass sie mich nicht leiden können.«

»Das stimmt nicht«, widersprach Mac. Das Musterbuch rutschte auch von seinem Schoß und war damit vergessen. »Sie kennen dich einfach nicht.«

»Alles, was sie wissen, ist, dass ich ihrem Freund immer wieder Schmerzen bereite.« Lana holte den Stift aus ihren Haaren und legte ihn auf den Nachttisch.

»Ich war zuerst mit dir befreundet.« Er berührte ihre Schläfen mit seinen Fingern und fuhr an feinen Härchen, die sich dort befanden, entlang. »Du kennst mich besser als sie. Du kennst mich besser als alle anderen.«

»Du kennst mich ebenfalls besser als alle anderen.« Sie rutschte näher, bis ihre Knie aneinanderstießen. »Sollen wir darüber sprechen?«

»Worüber?« Mac hob unsicher eine Augenbraue.

»Du weißt, was ich meine.« Lana senkte den Blick. »Unsere Hochzeit.«

»Wir haben keine Hochzeit gefeiert.«

Ein Seufzer entrang sich ihren Lippen, ihre Schultern sanken herab, aber anstatt wie ein Ballon in sich selbst zusammenzufallen, sank sie gegen ihn. Mac hatte in ihrer Beziehung in jeder Phase den ersten Schritt unternommen, doch dieses Mal war es Lana, die die Initiative übernahm und ihn küsste.

»Ich habe dich vermisst«, sagte sie so leise, dass er nur anhand der Bewegungen ihrer Lippen und ihrem Atem auf seiner Zunge wusste, was sie gesagt hatte.

»Ich weiß«, erwiderte er.

Lana zog sich zurück. Die Empörung auf ihrem Gesicht war nicht zu übersehen. Sie boxte ihn gegen die Schulter, grinste aber dabei.

Mac fing ihre Hand ein. Gedankenverloren rieb er mit dem Daumen über ihre Knöchel, verfolgte, wie ihre Kehle arbeitete, als sein Daumen über ihren Ringfinger glitt und die nackte Haut an jener Stelle rieb. Der Moment war gekommen, ihr den Ring erneut anzubieten.

Anstatt sie jedoch in seine Arme zu ziehen und sich zu nehmen, von dem er tief in seinem Herzen wusste, dass es ihm gehörte, ließ Mac Lanas Hand los. Er zog das Musterbuch wieder zwischen sie. Lana rutschte näher und kuschelte sich an ihn. Zusammen studierten sie die Schriftarten.

KAPITEL SIEBZEHN

Wärme breitete sich zwischen Lanas Schulterblättern aus. Sie drehte sich mit einem Lächeln um, um die Quelle dafür zu begrüßen, aber anstatt eines starken Mannes fand sie dort nur die Strahlen der Morgensonne vor.

Mac war gegangen. Er war bis spät in die Nacht bei ihr geblieben. Sie hatten eine Schriftart für die Doppelhochzeit ausgewählt und dann die Einladungstexte formuliert, die in eben jener Schriftart gedruckt werden sollten. Von dem, was Lana über Keaton, der gerne Pläne schmiedete, und Grizz, der gerne über Dinge brütete, wusste, glaubte sie, dass sie zu einer guten Entscheidung beigetragen hatte. Da waren zum einen die Details wie Datum, Zeit und Ort, die fett gedruckt werden sollten, und zum anderen der Dresscode ›Come as you are‹, der die Gäste dazu aufforderte, intensiv über ihre Kleiderwahl nachzudenken.

Nach den Einladungen hatte Lana angenommen, dass sie den Rest der Nacht mit Küssen verbringen würden, um nachzuholen, was sie versäumt hatten, doch Mac hatte eine lange Liste von Dingen hervorgeholt, die für die Feier noch erledigt werden mussten. Da Mac sich damals für ihre Hochzeitsfeier um alles gekümmert hatte, war Lana nicht in den Sinn gekommen, dass die Vorbereitungen für eine Hochzeit so aufwändig waren. Fünf Aufgaben hatten sie erfolgreich von der Liste streichen können.

Dann waren sie endlich zum Küssen gekommen, auch wenn Mac diese nicht initiiert hatte. Er war aufgestanden, um zu gehen. Das war der Moment gewesen, in dem sie ihre Arme um seinen Hals gelegt und seinen Kopf zu sich hinuntergezogen hatte.

Mac war immer der Initiator in ihrer Beziehung gewesen. Doch nicht in dieser Nacht. Seit er sie in der Scheune in die Ecke gedrängt und gefragt hatte, was sie wollte, hatte er keinen ersten Schritt mehr unternommen. Noch vor einem Jahr hätte er bereits

Pläne für sie geschmiedet und sie so lange bedrängt, bis sie ihnen zugestimmt hätte.

Letzte Nacht hatte er Lana die Kontrolle über das Küssen übernehmen lassen. Er hatte Lana bestimmen lassen, wie fest sie umarmt werden wollte und wann es Zeit war, aufzuhören, wobei sie sich nicht an den Grund erinnern konnte, damit aufzuhören. Sie hatte keine Ahnung, wie sie die letzten zweihundertfünfundachtzig Tage überlebt hatte, ohne jeden Tag damit zu beginnen und zu beenden, seine Lippen auf ihren zu spüren.

Kurz vor Mitternacht war er dann gegangen. Im Gegensatz zum großen Auftritt durchs Fenster benutzte er diesmal die Tür als Ausgang. Er wollte sichergehen, dass das Fenster sicher war, wenn sie schlief. Lana hatte es gehasst, ihn gehen zu sehen, doch er hatte versprochen, sie anderntags zum Mittagessen auf der Ranch abzuholen. Die Uhr auf dem Nachttisch sagte ihr, dass sie noch einen halben Tag Zeit hatte, bevor er ankam.

Sollte sie ihn anrufen?

Nein. Er hatte gesagt, dass er am Trainingscamp arbeiten würde, das er und seine Freunde aufbauten. Vielleicht könnte sie dort vorbeifahren.

Nein. Wenn es eines gab, das Mac nie getan hatte, dann war es, sich in ihre Karriere einzumischen. Er war nie unangekündigt im Büro vorbeigekommen. Er hatte auch nie ein großes Ding daraus gemacht, wenn sie länger gearbeitet hatte. Das einzige Mal, dass er ein Machtwort gesprochen hatte, war an dem Wochenende ihrer Hochzeit gewesen, an dem ihr die Jagd nach der Katzenstory wichtiger gewesen war als er.

Lana starrte auf den Bildschirm. Sie hatte den ersten Entwurf des Artikels über die Ranch geschrieben. Den Recherchen nach, die sie über Sekten angestellt hatte, wiesen deren Anführer gewisse Charaktereigenschaften auf. Sie waren oft charismatische Narzissten mit einem Hang zur Unberechenbarkeit. Sie liebten hierarchische Strukturen und verführten auf teuflische Weise ihre Mitglieder zu fleischlichen Aktivitäten.

Nicht eine dieser Charakteristika beschrieb den Leiter der Purple Heart Ranch Dylan Banks. Der Mann, den Lana kennengelernt hatte, kam aus reichem Haus, war bodenständig, unglaublich sympathisch und freundlich zu Tieren, und außerdem war er bis über beide Ohren in seine Frau verliebt. Das Einzige, was ihn im Entferntesten mit den Charles Mansons und Jim Joneses dieser Welt in Verbindung brachte, war der Wunsch nach Abgeschiedenheit von der Außenwelt. Daher konzentrierte sich dieser Artikel auf die Einzigartigkeit der Reha-Ranch. Er hob das Tempo hervor, in dem die Bewohner vor dem Traualtar landeten, und warf ein Schlaglicht auf den Psychologen der Ranch, der auch der Pastor der Kirchengemeinde war. Er hatte jeden Mann und jede Frau dort getraut.

Kurz gesagt, der Artikel enthielt kaum Tatsachen. Er war substanzlos und damit das schlimmste Machwerk, das Lana je verbrochen hatte.

Sie öffnete ein neues Dokument auf dem geteilten Ordner der *ShatterZine* Cloud und fing von vorne an. Der Cursor blinkte hinter dem Wort Sekte. Lana hatte keine Ahnung, was sie danach schreiben sollte.

Nach fünfmaligem Drücken der Löschtaste, begann sie erneut. Sie fing mit den Frauen an, die sie auf der Ranch getroffen hatte. Da war die Veterinärin Maggie Banks und ihre Initiative zur Rettung von Tieren. Maggie war die erste Braut gewesen. Eva Demonti arbeitete auf ihren Abschluss als Sozialarbeiterin hin. Sie wollte sich für Migranten und Einwanderer in die Vereinigten Staaten einsetzen. Sarai Cannon, eine Bloggerin der Beauty-Branche, die sich auf innere Schönheit und die Eigenliebe in allen Formen, Größen und Farben konzentrierte, hatte Lana besonders beeindruckt. Diese drei Frauen waren erst der Anfang.

Während die Körper der Männer auf ihre Gesundung warteten, änderten die Frauen der Ranch die Welt um sie herum. Lanas Finger flogen über die Tastatur. Als sie das Ende erreichte, scrollte sie zurück an den Anfang des Artikels, denn sie hatte die perfekte Überschrift gefunden: *Die Goldrauschbräute der Purple Heart Ranch.*

Tief in ihrem Herzen wusste Lana, dass ihre Chefredakteurin Reyanna ihre Meinung ändern würde, sobald sie den Artikel gelesen hatte. In einer Zeit, in der so viele Konflikte die Welt beherrschten, würden sich die Leser nach der Lektüre gut fühlen.

Als es an der Tür klopfte, korrigierte Lana noch immer Textstellen und spielte mit Formulierungen. Sie warf einen Blick auf die Uhr und konnte nicht glauben, wie viel Zeit vergangen war.

»Nur eine Minute«, rief sie und öffnete ihren Koffer.

»Das heißt, dass du noch nicht angezogen bist und noch arbeitest«, ertönte die tiefe Stimme von der anderen Seite der Tür.

Lana roch an ihren Achselhöhlen und rümpfte die Nase. Sie eilte ins Bad. »Was? Ich kann dich nicht hören.«

»Das heißt nicht nur, dass ich recht habe, sondern auch, dass du noch nicht geduscht hast.«

Oh, dieser Mann.

»Das ist auch der Grund, warum ich dir gesagt habe, dass du eine Stunde früher fertig sein sollst als eigentlich nötig wäre.«

Lana verzog das Gesicht, auch wenn er sie nicht sehen konnte. Normalerweise war sie nie spät dran. Außer, wenn es sich um Verabredungen mit Mac handelte.

»Du verziehst das Gesicht, oder?« Mac lachte. »Ich warte hier draußen auf dich.«

Lana sprang unter die Dusche, bewarf sich in aller Eile mit Wasser und Seife. Sie legte ihr Makeup auf, noch während sie sich abtrocknete und schlüpfte schließlich in ein Sommerkleid. Innerhalb von zwanzig Minuten war sie fertig.

Mac grinste sie an, als sie hinaustrat. Er trug ein frisches Paar Jeans und ein gebügeltes Hemd. Der Mann war wirklich ein hübscher Anblick. Er lehnte so geduldig an seinem Truck, als würde er auch ewig auf sie warten.

Er streckte ihr die Hand hin. Auf seinem Gesicht zeigte sich nicht der Hauch eines Zweifels daran, dass sie zu ihm kommen würde. Es erinnerte sie an das erste Mal, dass er ihr einen Antrag gemacht hatte. Sie hatte damals nein gesagt. Er hatte die Stirn gerunzelt, aber eine Sekunde später schien es so, als hätte sie ihn nie zurückgewiesen, und sie hatten danach einfach ihr Date fortgesetzt.

Mac hatte nie bezweifelt, dass sie befreundet sein würden oder sie seine feste Freundin und dann seine Frau werden würde. Jedes Mal, wenn sie nein gesagt hatte, hatte er sich binnen Sekunden erholt. Er war danach nicht entschlossener gewesen. Er war die ganze Zeit über gleich entschlossen geblieben. Es war so, als hätte er gewusst, dass sie ja sagen würde.

Irgendwann.

Denn am Ende sagte sie jedes Mal ja. Er hatte nie gebohrt. Er nahm ihre Zurückweisung hin und versuchte es später einfach erneut.

Lana nahm seine Hand. Er hob ihre Finger an seinen Mund und küsste ihre Knöchel. Dann beugte er sich näher und küsste sie. Es war nur eine sanfte Berührung von Haut auf Haut. Er forderte nichts. Er musste es nicht. Und wie immer war der Augenblick schließlich gekommen. Sie gehörte ihm, hatte es immer und würde es immer sein.

Sie fuhren quer durch die Stadt. Mac erzählte von seinem Tag. Jedes Mal, wenn er versuchte, auf sie zu sprechen zu kommen, lenkte sie das Gespräch auf ihn. Sie liebte seinen Enthusiasmus für das Camp, das er mit seinen Freunden aufbaute und wollte alles darüber wissen. Sie fragte sich, ob sie dem *ChatterZine* eine Story darüber vorschlagen sollte.

Viel zu schnell fuhren sie auf die Vance Ranch, wo Mac wohnte. Im Gegensatz zur Purple Heart Ranch füllten hier Rinder den Horizont. Menschen suchte man vergebens. Lana erkannte vertraute Gesichter unter den Leuten, die die Stufen zur Veranda des Haupthauses herabstiegen.

Patty eilte mit wehenden roten Haaren auf Lana zu und zog sie in eine feste Umarmung. »Lana, es ist so schön, dich wiederzusehen.«

Hinter Patty grüßte Brenda mit einem Griff an den Cowboyhut. »Willkommen auf der Vance Ranch.«

»Danke für die Einladung«, erwiderte Lana.

»Ich muss mich bedanken«, wehrte Patty ab. »Danke, dass du Mac bei den Hochzeitsvorbereitungen hilfst. Er sagt, dass du mit den Formulierungen für die Einladungskarten geholfen hast. Es lohnt sich, eine Schriftstellerin in der Familie zu haben.«

Eine tiefe Männerstimme räusperte sich. Keaton begrüßte Lana mit einem schmalen Lächeln, das seine Augen nicht erreichte. »Wann reist du wieder ab, Lana?«

Brenda schlug ihrem Mann auf den Arm. Patty warf ihrem Bruder einen mörderischen Blick zu. Mac legte seine Hand auf Lanas unteren Rücken, und sie ließ sich in die dargebotene Wärme sinken.

»Ich weiß es noch nicht«, sagte sie schließlich. »Meine Arbeit hier ist beendet, doch ich habe noch keinen neuen Auftrag. Also …«

Lana ließ den Satz ausklingen und riskierte einen Blick auf Mac. Er begegnete ihrem Blick nicht, sondern richtete ihn auf ihre linke Hand. Erst jetzt bemerkte Lana, wie sie die nackte Stelle ihres linken Ringfingers rieb.

»Mac sagte, dass du an einer Story über eine Sekte schreibst«, sagte Grizz.

»Das ist der Ansatz, den das Magazin haben wollte«, gab Lana zu. »Ich habe eine andere Perspektive gewählt.«

»Welche denn?«, fragte Patty.

»Anstatt mich auf die Männer zu konzentrieren, entschied ich mich dazu, die Frauen hervorzuheben und wie sie die Gemeinschaft ändern. Es ist eine Geschichte darüber, dass Ehen nicht einem Zweck dienen, sondern dass es darum geht, in ihr zusammenzukommen, um sich und die Welt um einen herum stärker zu machen.«

»Das klingt fantastisch«, sagte Patty. »Ich kann es kaum abwarten, den Artikel zu lesen.«

Die beiden Paare drehten sich um und begannen, die Stufen ins Haupthaus wieder hinaufzugehen, doch Lana zögerte. Mac wandte sich zu ihr um und sah sie an.

»Hey, Mac?«

»Ja, Lana.«

Lana kratzte die gerötete Stelle an ihrem Ringfinger. »Darf ich dich etwas fragen?«

»Was?«

»Kann ich meinen Ring zurückhaben?«

Mac neigte den Kopf zur Seite und betrachtete sie. Er griff in seine Tasche, ohne hinzuschauen. »Diesen Ring?«

Eine Welle der Erleichterung durchlief Lana, als sie den goldenen Ring sah. Der Diamant fing die untergehende Sonne ein und funkelte, als hieße er sie nach der langen Trennung herzlich willkommen.

»Wozu willst du ihn haben?«, fragte Mac.

»Es ist nur …« Lana holte tief Luft und ließ den Atem langsam entweichen. »Ich habe mich ohne ihn ein wenig verloren gefühlt. Ich möchte ihn zurückhaben. Für den Rest meines Lebens. Denn ich habe ihn nie wirklich abgenommen, hatte nie die Absicht dazu. In den vergangenen paar Tagen habe ich erst erkannt, wie viel Trost er mir spendet. Ich liebe den Ring. Kann ich ihn also wiederhaben? Bitte?«

Macs Gesicht blieb unbewegt. Lana war eine Spitzenreporterin. Sie wusste, wie man offene Fragen stellt, um Leute dazu zu bringen, ihr Wissen preiszugeben. Doch in diesem Fall wollte Lana einfach nur eine Antwort, und sie war sich dabei nicht sicher, ob sie die Antwort erhalten würde, die sie erhoffte.

Bevor Lana einen neuen Satz Fragen formulieren konnte, streifte Mac den Ring von seinem Finger und hielt ihn ihr hin.

Lana streckte ihre linke Hand aus und wartete darauf, dass Mac den Ring in ihre offene Handfläche fallen ließ. Mac hielt den Ring in der Schwebe, knapp über ihrem vierten Finger. Mac zielte mit dem Ring, doch bevor er ihn über ihren Fingernagel schieben konnte, stoppte Lana ihn.

»Hey, Mac?«

Er hob den Blick. »Ja, Lana?«

»Meinst du, … Ich meine, würde es dir etwas ausmachen …«

»Ja?«

»Kann ich dich immer noch heiraten?«

Mac grinste breit und schob den Ring auf ihren Finger. Lana war wieder geerdet. Es fühlte sich an, als hätte ein Teil von ihr gefehlt, nicht nur für ein paar Tage, sondern fast ein ganzes Jahr.

»Ja, Lana. Ja, du kannst mich heiraten.«

KAPITEL ACHTZEHN

»*D*enkst du nicht, dass du dir wenigstens ein paar Gedanken machen solltest?«

Mac musste Keaton nicht fragen, was er damit meinte. Der Mann hatte Lana nie gemocht, genauso wenig wie Grizz. Hing wahrscheinlich mit den vielen Malen zusammen, an denen Mac zu seinen Freunden gegangen war, um über den neuesten Korb zu klagen.

»Welche Gedanken?«, sagte Mac. »Das war schon immer mein Plan gewesen.«

Ehrlich gesagt hatte er sich schon Gedanken gemacht, nur hatte er bei Lana diesmal eine andere Taktik eingesetzt. Er hatte gewartet, bis sie zu ihm kam, und anstatt Jahre oder Monate hatte es nur ein paar Tage gedauert, um sie zurückzugewinnen. Dieses Mal hatte sie ihm einen Antrag gemacht.

Er hatte am Abend zuvor kaum etwas vom Abendessen heruntergebracht, da er so breit hatte grinsen müssen. Seine Hände waren viel mehr damit beschäftigt gewesen, seine mit Lanas Fingern zu verschränken, als die Gabel zu benutzen. Seine Nase hatte ihren Duft nach Kaffee und Sahne bevorzugt, und seine Augen hatten nichts für das perfekt gewürzte Steak und das welke Gemüse mit den Brandspuren übrig gehabt. Anstatt dieses Mahl einzunehmen, war er von Lana eingenommen gewesen, von der Frau, die einmal mehr wieder seine Verlobte geworden war. Bald würde sie seine Frau sein.

»Da muss ich Keaton zustimmen«, sagte Grizz. »Du stürzt dich da in etwas rein.«

Mac stellte einen Fuß auf den unteren Balken des Zauns und starrte seine beiden Freunde ungläubig an. »Und das sagen zwei Männer, die ihre Frauen binnen einer Woche geheiratet haben. Inwiefern mache ich irgendetwas anders als ihr beide?«

»Ihr zwei habt eine gemeinsame Vergangenheit.« Keaton schob seinen Cowboyhut aus der Stirn.

»Diesmal ist es anders«, sagte Mac. »Ihr habt es

gesehen. Sie kam zu mir. Sie hat mir einen Antrag gemacht.«

Keaton und Grizz wechselten einen Blick. Mac war diese Blicke allmählich leid. Die beiden waren beste Freunde. Sie kannten sich schon lange, noch aus der Zeit, bevor Mac sie kennengelernt hatte. Mac hatte ihnen diese Freundschaft und diese stillen und doch so lauten Blicke aber nie geneidet. Lana und er hatten ihre eigenen Insiderwitze, ihre eigenen sprechenden Blicke.

»Was ist mit den Details?«, fragte Keaton. »Habt ihr darüber gesprochen, wo ihr leben werdet?«

Nein, hatten sie nicht, doch Mac wusste genau, dass er Lana nicht bitten konnte, ihren Job aufzugeben. Dieser Job war die einzige Konkurrenz um ihre Aufmerksamkeit, und beim ersten Hochzeitsversuch war er zwischen Lana und ihn geraten. Jetzt wurde sie wahrscheinlich befördert. Würde sie den Job aufgeben? Oder erwartete sie, dass er mit ihr zurückkehrte?

Mac sah sich im Camp um. Sie hatten die Trainingsbereiche abgeteilt. Jetzt, da alle anderen angekommen waren, machten sie schnell Fortschritte. Der körperlich anspruchsvolle Hindernisparkour war fast fertiggestellt und würde den ersten

Rekruten ernsthafte Schmerzen bereiten. Mac konnte es kaum erwarten.

Wo passte Lana da hinein? Ein Leben mit Lana war sein Traum, seit er sechs gewesen war. Dieses Camp war sein Traum seit der Grundausbildung. Konnte er den einen Traum für den anderen aufgeben?

»Wir haben nicht darüber gesprochen«, gab Mac zu. »Aber wir werden darüber reden.«

»Denkst du nicht, du solltest diese Unterhaltung mit ihr führen, bevor ihr am Wochenende zum Altar schreitet?«, fragte Grizz.

Nach den Glückwünschen beim gestrigen Abendessen hatten Mac und Lana sich auf eine Trauung am Wochenende geeinigt. Die Frauen hatten gejubelt. Keaton und Grizz hatten einen ihrer ohrenbetäubend lauten Blicke gewechselt. Rusty, der noch immer seine Scheidungspapiere in der Tasche herumtrug, hatte aus dem Fenster geblickt. Spinelli, der eingefleischte Junggeselle ihrer Truppe, hatte mit Unverständnis reagiert und die Stirn gerunzelt. Nur Porco, der bekennende Frauenheld, hatte ihnen gratuliert.

Die Hintertür des Haupthauses hatte sich geöffnet, und Brendas Bruder war mit zwei abgedeckten Schüsseln hereingekommen und hatte damit die

Arterien der Gruppe vor einem Abendessen bewahrt, das nur aus Fleisch bestand. Er hatte das buttrige Gemüse noch nicht einmal auf dem Tisch abgestellt, als er auch schon die Neuigkeiten erfahren hatte. Pastor Vance hatte gescherzt, dass er sie auch gleich trauen könnte.

Mac hatte davon allerdings nichts wissen wollen. Er musste wenigstens ein paar Dinge für ihren Hochzeitstag vorbereiten. Er hatte davon sein ganzes Leben lang geträumt. Daher hatten sie sich auf das Wochenende geeinigt.

Auf der Purple Heart Ranch gab es einen Pavillon. Den konnte er in wenige Stunden in ihren Hochzeitsfarben dekorieren. Er wusste, dass der Blumenladen ein paar Tage benötigte, um die passenden Blumen zu bestellen. Den Brautladen hatte er ebenfalls bereits angerufen und nach verfügbaren Gedecken für den fraglichen Zeitraum gefragt.

Und was dann?

Denkst du nicht, dass du dir wenigstens ein paar Gedanken machen solltest?

Mac hatte sich den Tag der Trauung ausgemalt. Aber hatte er wirklich darüber hinaus gedacht? Hatte er sich Gedanken über die Zukunft nach der Eheschließung gemacht? Das Problem an der ganzen Sache war doch, dass er sich eine Zukunft ohne Lana nicht vorstellen konnte. Wie genau sah eine Zukunft mit Lana aus?

»Ich sehe euch später«, sagte Mac und kletterte in seinen Truck.

Sein Arbeitstag im Camp war eigentlich nicht vorbei, aber da er bereits viele Arbeitsstunden investiert hatte, bevor Rusty, Spinelli und Porco überhaupt aufgetaucht waren, durfte Mac sich das herausnehmen, erst recht, wenn er am Wochenende heiraten würde.

Mac durchquerte die kleine Stadt und parkte vor Lanas Motel. Er lief zunächst auf die Vordertür zu, landete jedoch wieder vor Lanas Fenster. Als er dort angekommen war, stellte er fest, dass sie es offengelassen hatte, damit er hindurchklettern konnte.

Im Zimmer sah er sie am kleinen Schreibtisch sitzen. Der Laptop stand offen vor ihr. Sie hatte ihre linke Hand erhoben. Ihr Daumen strich immer wieder über den Ring an ihrem Finger. Sie rollte den Kopf von Schulter zu Schulter und seufzte zufrieden. Als sie den Kopf zur Seite neigte, erhaschte Mac einen Blick auf den Computerbildschirm. Anstatt auf eine Seite voller Worte blickte er auf eine Hochzeitswebsite.

Mac stolperte, als er durchs Fenster stieg, fing sich jedoch, bevor er zu Boden stürzte.

»Hey.« Sie hob den Blick und grinste.

»Hey.« Er richtete sich auf.

»Komm her und schau dir das an.« Sie winkte ihn zu ihrem Bildschirm. »Ich weiß, du hast die Dekorationen für den Pavillon schon organisiert, aber ich habe über den Empfang nachgedacht und …«

»Du hast über den Empfang nachgedacht?«

»Ja, und bei der Suche nach einem Tafelaufsatz bin ich über diese Website gestolpert und …«

»Du hast nach Tafelaufsätzen gesucht?«

»Warum wiederholst du alles, was ich sage?«

»Wer sind Sie, und was haben Sie mit der Frau gemacht, die ich liebe?«

Lana erhob sich mit einem Lachen. Sie warf ihre Arme um ihn und küsste ihn. Das Gefühl ihrer Lippen auf seinen ließ Mac alle Gründe vergessen, warum er zu ihr gekommen war. Stattdessen umarmte und küsste er die Frau lieber bis zur Besinnungslosigkeit.

Mac fuhr mit seinen Fingern durch ihr Haar. Seine Finger trafen dabei auf keinen Widerstand. Überrascht schob Mac sie von sich und untersuchte sorgfältig ihren Kopf, vom Scheitel bis zu beiden Ohren. Er fand aber keinen Stift.

»Möchtest du die Tafelaufsätze anschauen?«, fragte sie. »Wenn wir sie heute bestellen, können wir sie per Expresslieferung noch rechtzeitig bekommen. Sie werden uns ein hübsches Sümmchen kosten, aber ich denke, dass sie gut zu den Grundfarben passen, die du ausgesucht hast.«

Lana zog ihn erneut in Richtung Schreibtisch, doch Mac zog sie in seine Umarmung zurück. »Wir müssen das nicht tun.«

»Wir müssen was nicht tun?« Sie bog den Kopf zurück, um ihn anzusehen.

Er hatte ihre ungeteilte Aufmerksamkeit, das erste Mal seit Jahren. Dies war keine kurze Unterbrechung ihrer Recherchen oder ein gestohlener Augenblick beim Nachprüfen von Fakten oder ein schneller Gutenachtkuss, bevor sie ihren Laptop wieder öffnete und mit der Arbeit fortfuhr. Sie arbeitete momentan gar nicht. Sie war dabei, für ihre gemeinsame Zukunft Pläne zu schmieden.

»Unsere Hochzeit muss nicht ausgefallen sein«, sagte er.

Jetzt war Lana diejenige, die ihn stirnrunzelnd betrachtete. »Wer sind Sie, und was haben Sie mit dem Mann gemacht, den ich liebe?«

Das Lachen sprang von seinen Lippen, bevor er wusste, dass es da war. Mac atmete diesen frischen Wind ein und erhielt eine Lungenfüllung Kaffee und Sahne.

»Du hast von diesem Tag dein ganzes Leben lang geträumt«, sagte Lana. »Ich möchte, dass du bekommst, was du willst.«

»Du bist das, was ich will«, sagte er. »Du bist alles, was ich schon immer haben wollte. Das weißt du, oder? Wir könnten durchbrennen, und ich wäre glücklich.«

Mac schob sie von sich weg und blickte mit geweiteten Augen in den Spiegel über dem Schreibtisch. Er legte die Hände an sein Gesicht und drückte und zog an den Wangen, als wollte er seine Gesichtszüge neu arrangieren.

»Was tust du da?«, fragte sie.

»Ich schaue mir an, was ich mit dem Mann getan habe, den du liebst. Er würde niemals diese Worte in den Mund nehmen.«

Lana lachte über sein Spiegelbild. Mac grinste zurück. In diesem Augenblick war sein Herz so voller Liebe für diese Frau. Seine Freunde lagen falsch. Es gab nichts, worüber er sich Sorgen machen müsste. Alles entwickelte sich so, wie es sollte.

»Ich wollte mit dir über etwas sprechen«, sagte er.

»Worüber denn?«, fragte sie, als sie sich an ihren Computer setzte.

»Wo willst du leben, wenn wir verheiratet sind?«

»Mit dir zusammen natürlich.« Lana grinste ihn keck an und drückte auf ein paar Tasten an ihrem Computer.

Mac kam zu ihr und parkte seinen Hintern an der Seite des Schreibtischs, etwas, das er bereits viele Male in der Vergangenheit getan hatte. Doch dieses Mal hatte er nicht mehr das Gefühl, mit dem Computer konkurrieren zu müssen. »Aber wo könnte das sein?«

Lana sah zur Decke hinauf, als ob sie über diese Frage zum ersten Mal nachdenken würde. Ihre Hand ging zur Oberkante des Bildschirms, als wollte sie den Laptop zuklappen, doch dann veränderte sich ihr Gesichtsausdruck.

»Oh nein«, sagte sie

»Was?«

»Es ist das Magazin.«

Macs Herz setzte einen Schlag aus. Er blinzelte schnell, versuchte, die Flashbacks zur letzten Nacht vor der Hochzeit abzuwenden. »Ist es dein neuer Job? Hast du ihn bekommen?«

»Es geht nicht um die Beförderung. Es ist die Story.«

Die Vergangenheit wiederholte sich also. Eine neue Story würde ihm Lana wegnehmen. Aber warum starrte sie auf den Bildschirm mit dieser Mischung aus Schrecken und Wut?

»Die haben die falsche Story gedruckt!«

»Was meinst du mit ›falsche Story‹?«

Mac trat hinter sie und sah über ihre Schulter. Er erkannte den Titelkopf des Magazins wieder, das vor einem Jahr sein Leben auf den Kopf gestellt hatte. Die Story, die Lana damals angenommen hatte, hatte von Katzenkostümen gehandelt. Auf dem Bildschirm vor ihm lautete die Schlagzeile mit ihrem Namen darunter diesmal: *Die Goldrausch-bräute der Purple Heart Sekte.*

»Das ist nicht der Artikel, den ich geschrieben habe.« Lana blickte im Raum umher. Sie erwartete böse Blicke, verkniffene Mienen und auf sie gerichtete Finger, die sie aufforderten, zu verschwinden, doch die meisten Bewohner der Purple Heart Ranch sahen sie mitfühlend und besorgt an. Viele Frauen standen im Halbkreis um sie herum. Was Lana am meisten Trost spendete, war allerdings der Mann, der direkt hinter ihr stand.

Mac hatte nicht viel gesagt, als er den Artikel gelesen und sie dann zur Ranch gefahren hatte. Er war nicht von ihrer Seite gewichen, als Dylan Banks die Soldaten und ihre Familien zusammengetrommelt hatte, um etwas über den vernichtenden

Artikel zu erfahren, der ihr Heim und ihre Art zu leben diffamierte.

»Nun ja, das ist schon der Artikel, den ich geschrieben habe«, sagte Lana. »Meine Redakteurin hat mich hierhergeschickt, um eine Story darüber zu schreiben, dass diese Ranch eine Sekte beherbergt.«

Dylans Gesichtszüge, die bisher ungerührt gewirkt hatten, verhärteten sich, als er Lana betrachtete. Sein Daumen strich währenddessen unentwegt über den Nacken seiner Frau Maggie.

»Sie müssen zugeben«, Lana hob abwehrend die Hände, »dass dieser Ort auf dem Papier unwirklich erscheint. Sie alle kamen hierher und fanden innerhalb von Tagen ihren perfekten Partner. Ich meine, wo sonst passiert so etwas?«

Lana spürte Macs Körperwärme in ihrem Rücken. Er hatte immer gesagt, dass er vom ersten Augenblick, in dem er sie gesehen hatte, gewusst hatte, dass sie die Eine für ihn war. Lana hatte damals nicht das Gleiche gefühlt, doch sie hatte nie auch nur ein Körnchen des Gefühls, das sie für den Mann fühlte, der immer an ihrer Seite gewesen war, für eine andere lebende Seele empfunden.

Wenn sie die Paare in der Menge vor ihr betrachtete, sah sie, dass jeder der Männer ein

Funkeln in den Augen hatte, wenn er seine Frau anschaute, und jede der Frauen strahlte die Ruhe und Gelassenheit aus, über die nur jemand verfügte, der wusste, dass jemand sich um ihn kümmerte und er sich für den Rest seines Lebens keine ernsthaften Sorgen mehr machen musste.

Nein, die Vorstellung, diese eine Person im Leben zu finden, für die man bestimmt war, war nicht so weit hergeholt.

»Es passiert hier«, gab Lana zu. »Dieser Ort hier ist ein wahres Wunder. Ihr habt alle so viel Glück, euch gefunden zu haben. Diese Ranch und was sie bewirken kann … nun ja, keiner wird die Wahrheit glauben.«

»Doch, das würden sie«, widersprach Maggie Banks und hielt den Papierausdruck in die Höhe. »Sie würden es glauben, wenn sie den Artikel lesen würden, den Sie eigentlich veröffentlichen wollten.«

Lana hatte im Motel eine Anzahl Kopien gedruckt, bevor sie zur Ranch geeilt waren. Sie brauchte sie als Beweis für ihre Taten, doch die meisten Paare hatten den Artikel nicht einmal gelesen. Sie schienen einfach ihr Wort zu akzeptieren. Nur Maggie und Sarai Cannon hatten einen Ausdruck genommen.

»Das ist wirklich gut geschrieben«, sagte Sarai.

Lana nahm das Kompliment gerne entgegen, denn die Frau war eine erfolgreiche Bloggerin. Lana fragte sich, wie sich das wohl anfühlte, wenn man die Freiheit hatte, zu schreiben, was man wollte, ohne auf die Zuteilung einer Story durch eine Redakteurin angewiesen zu sein und ohne Artikel nachträglich ändern zu müssen.

»Ich werde das Magazin dazu bringen, den Artikel zurückzuziehen«, sagte Lana.

»Das ist nicht nötig«, wehrte Dylan ab. »Wenn die Leser glauben, was gedruckt wurde, dann werden sie nicht hierherkommen, um uns zu besuchen. Das hält diesen Ort für diejenigen frei, die wirklich Heilung nötig haben.«

»Aber … das sind doch Lügen.«

Dylan zuckte mit den Achseln. Fast jeder im Raum ahmte die Bewegung nach.

Lana fühlte ein Schaudern über ihre Schultern laufen. In ihrer kurzen Karriere hatte sie keine super überzeugenden oder knallharten Storys geschrieben, doch sie waren alle bis zum Bersten mit Tatsachen untermauert gewesen. Es fühlte sich falsch an, diesen Artikel so stehenzulassen.

Sie sah über die Schulter und suchte Macs Unterstützung. Seine Hand lag noch immer auf ihrem Rücken. Seine Schultern stießen ihre an, doch sein Blick war aus dem Fenster gerichtet. In der Ferne erkannte sie den Pavillon, in dem sie in ein paar Tagen heiraten würden.

»Mac?«

»Du gehst zurück, oder?« Er hielt den Blick aus dem Fenster gerichtet.

»Nur für einen Tag. Du weißt, dass ich das nicht auf sich beruhen lassen kann. Ich werde zur Hochzeit zurück sein. Ich werde sie nicht noch einmal verpassen.«

»Wirst du die Beförderung annehmen?«, fragte Mac und blickte sie schließlich an.

»Was?«

»Du hast die Geschichte. Das bedeutet deinen Aufstieg beim Magazin.«

Lana wollte schon nein sagen, doch nichts kam heraus. Sie holte Luft und versuchte es erneut. »Nach dem, was sie getan haben ...« Sie versuchte, empört zu klingen, doch die Worte kamen heiser heraus. »Ich weiß nicht?«

Mac nahm sie in die Arme, und sie ließ sich fallen, trachtete nach seiner Ruhe, seiner vertrauensvollen Fürsorge. Ihr ganzes Leben lang war Lana von der Suche nach der Wahrheit fasziniert gewesen, vom Aufdecken von Hintergründen. Das hatte jedoch ihre Fähigkeit beeinträchtigt, den

Wert ihrer eigenen Lebensgeschichte zu erkennen.

Sie liebte diesen Mann. Sie würde ihn heiraten und den Rest ihres Lebens mit ihm verbringen. Darin war sie sich sicher. Das war eine Tatsache.

Was sie allerdings nicht wusste, war, wie das mit ihrer Karriere vereinbar war.

KAPITEL ZWANZIG

Die Glöckchen läuteten, als Mac am nächsten Morgen den Hochzeitsladen betrat. Nancy verpackte gerade etwas für eine Kundin und band eine zartrosa Schleife darum. Sie winkte ihm kurz zu. Mac mochte den kleinen Laden, brauchte heute jedoch keine Unterstützung.

Die Glöckchen läuteten erneut. Grizz füllte den Türrahmen mit seinem großen Körper aus. Sein normalerweise ernstes Gesicht sah verunsichert drein, als er zwischen den Rüschen hin und her blickte. Er trug ein Baumwollhemd in Tarnoptik, das er in seine Khakihosen gestopft hatte. Seine Stiefel dröhnten auf dem empfindlichen Boden und ließen Mac fürchten, dass der große Mann Spuren darin zurücklassen könnte.

»Du hättest wirklich nicht mitkommen müssen, Grizz«, trällerte seine Frau.

Grizz hielt die Tür für Patty auf. Die zierliche Frau huschte in den Laden hinein. Sie trug ein hellblaues Sommerkleid und wirkte darin, als gehörte sie in diesen Brautmodenladen, nur eben nicht mit ihrem Ehemann.

»Dir ist das hier wichtig«, grollte Grizz. »Als bin ich hier.«

»Es ist ja auch *unsere* Hochzeit«, sagte Patty.

Grizz zuckte mit den massigen Schultern, machte sich jedoch klein, als er bemerkte, dass er neben einer Menge Porzellan stand. »Eine Hochzeit ist auch nur eine Party.«

Patty und Mac zogen bei dieser kühlen Bewertung die Stirn kraus. Grizz bekam davon anscheinend nichts mit. Vorsichtig bewegte er sich an den Aufsatztorten vorbei.

»Die Hochzeit ist eine Zeremonie, bei der Braut und Bräutigam sich gegenseitig ein Versprechen geben«, fuhr Grizz fort. »Ich habe meins bereits gegeben. Jetzt konzentriere ich mich darauf, dir ein Haus zu bauen, wo wir unsere Familie aufziehen und den Rest unsers Lebens verbringen können.«

Patty blickte zu ihm auf und himmelte ihn an, als hätte er den Mond am Firmament aufgehängt.

Grizz könnte tatsächlich groß genug sein, um den Felsbrocken zu erreichen. Er umarmte Patty mit seinen langen Armen und beugte sich zu ihr hinunter.

Hinter ihnen kamen Keaton und Brenda Arm in Arm herein. Als Keaton seine Schwester in der Umarmung seines besten Freundes erblickte, stöhnte er auf. »Du solltest bald mit dem Haus anfangen«, jammerte er. »Meine zarte Verfassung verkraftet es nicht, wie du dich jeden Tag an meiner Schwester versündigst.«

Patty unterbrach den Kuss und schenkte ihrem Bruder ein verruchtes Lächeln. »Manchmal sogar zweimal am Tag.«

Keaton machte ein ersticktes Geräusch und wandte sich der Tür zu. Brenda schlang ihre Hand um seinen Arm und steuerte ihn zurück in den Laden.

»Lasst es uns hinter uns bringen«, schnaufte Keaton. »Ich habe eine Hochzeitscheckliste von den zwei vertrauenswürdigsten Websites für Hochzeitsgestaltungen zusammengestellt. Wir sollten also nicht allzu lange brauchen.«

Brenda kniff den Nasenrücken zusammen. Ihr Ehemann war ein Planer. Keaton mochte zwar das Heraussuchen von Farben und Mustern nicht, aber da Mac damit nun half, war nur noch die Logistik übrig. Darin war Keaton unübertrefflich.

Brenda warf Mac einen fragenden Blick zu. Mac lachte und schüttelte den Kopf. Er würde sich hüten, in Keatons Nähe zu geraten, wenn dieser einen Stift und einen Notizblock in den Händen hielt. Mac hatte in der Army genug Zeit mit dem Mann verbracht und den Dienst aus gutem Grund quittiert. Dabei an oberster Stelle: Keatons Notizblock.

Mac blieb am Rand des Spielfelds und beobachtete von dort, wie die beiden Paare Überlegungen anstellten, sich kabbelten und dann Kompromisse für ihre Hochzeitspläne fanden. Genau so sollte es doch laufen, Braut und Bräutigam arbeiteten zusammen, um jenen Tag zu gestalten, der den Rest ihres Lebens einläuten würde.

Mac sah auf sein Handy. Lana hatte nicht angerufen. Sie saß vermutlich noch im Flugzeug. Er hatte noch immer keine Vorstellung davon, was sie tun wollte, wenn sie ins Büro kam. Er hatte keine Ahnung, ob sie den Job annehmen würde oder ihrer Chefin sagen würde, dass sie ihn sich sonst wohin schieben sollte.

Würde sie überhaupt zurückkommen?

Würde sie wieder weglaufen?

Ein Klingeln zeigte die Ankunft einer Textnachricht auf dem Handy an. Mac sah aufs Display und erkannte Lanas Namen.

Bin gerade gelandet.

Das war alles. Kein *Ich liebe dich*. Kein Hinweis darauf, was sie vorhatte. Kein Versichern, dass sie zu ihm zurückkehren würde.

»Mac, geht es dir gut?«, fragte Keaton.

Mac sah auf. Seine Freunde standen bei ihm. Keaton und Grizz hatten das letzte Mal so nahe bei ihm gestanden, als er vorm Altar versetzt worden war. Sie hatten ihn jedes Mal in die Mitte genommen, wenn Lana wieder einmal einen seiner Heiratsanträge abgelehnt hatte. Sie hatten auch jetzt jenen Ausdruck mit der Befürchtung in den Augen, dass es wieder geschah.

»Ist mit Lana alles okay?«, fragte Grizz.

»Ja.« Mac hielt das Telefon hoch, als wäre das ein Beweis. »Sie ist gerade gelandet.«

»Wann wird sie zurück sein?«, fragte Keaton.

Mac musste sich anstrengen, die Spannung seiner zusammengebissenen Kiefer zu lösen. »Dieses Wochenende natürlich.«

Keaton und Grizz sahen sich an, wechselten erneut einen dieser stummen und doch so sprechenden Blicke.

»Sie wird zurück sein«, beharrte Mac.

Seine Freunde sagten nichts.

Mac fühlte, wie die Anspannung in seiner Brust zunahm. Seine Finger ballten sich zur Faust. Die Wände des kleinen Ladens begannen, ihn einzuschließen.

»Ist für das Wochenende alles geregelt?« Patty sah von einem von Nancys Musterbüchern auf. »Brauchen Lana und du Hilfe bei euren Vorbereitungen?«

»Nein«, sagte Mac auf dem Weg zur Tür. »Hab alles im Griff. Ich mache einen Spaziergang.«

KAPITEL EINUNDZWANZIG

ana verzog das Gesicht, als sie das Gebäude betrat und das Klackern der Tastaturen vernahm. Sie konnte sich gerade noch so weit beherrschen, nicht mit den Händen vor dem Gesicht herumzuwedeln, um einen eingebildeten Bienenschwarm abzuwehren. Die rote Tinte auf den weißen Blättern ließen ihre Augen so schmerzen, dass sie die Augen zusammenkneifen musste. Die Schnittgeräusche der Scheren ließen sie die Ohren spitzen, und das Tempo, in dem die Leute durch das Büro eilten, wollte sie am liebsten still-stehen lassen.

Auf der Ranch hatten sich die Leute und selbst die Tiere gemächlicher bewegt. Niemand eilte gehetzt irgendwohin. Niemand schrie herum. Lana rieb mit dem Daumen über ihren Ringfinger und spürte, wie sie ruhiger wurde.

»Hunt, Sie sind zurück«, rief Reyanna quer durch den Raum. »Gut. Kommen Sie her. Ich habe eine neue Story für Sie.«

»Eigentlich …«, begann Lana, doch Reyanna war bereits in ihr Büro zurückgekehrt. Lana drehte und wendete sich, um ihren herumeilenden Kollegen auszuweichen, bis sie endlich vor dem Schreibtisch ihrer Redakteurin stand. »Ich möchte mit Ihnen über die letzte Story reden.«

»Gute Arbeit, Hunt.« Reyannas Augen leuchteten auf, als sie einen Schluck von ihrem Kaffee nahm. Nachdem sie geschluckt hatte, grinste sie. »Unsere Leser sind ganz versessen darauf.«

Lana wusste, dass die Leser das sensationsheischende Geschwafel über die Purple Heart Ranch lieben würden. Dabei hatte sie gehofft, die Leser mit ihrem Artikel über Heilung, Stärke und Liebe für etwas Herzerwärmendes begeistern zu können.

»Das war nicht die Story, auf deren Veröffentlichung ich gehofft hatte«, sagte Lana.

»Oh, ich habe die andere gesehen.« Reyanna blickte finster in ihren Kaffee. »Ich dachte, das sei ein erster Entwurf, oder dass Sie draußen im Land der Kühe und Kälber beim Schnulzenkanal hängengeblieben sind. Ich habe das Teil nicht mal zu Ende gelesen.«

»Das war die Story.«

»Das Land der Kühe?«

»Nein, der Schnulzenkanal. Ich meine, die rührende Geschichte, der Artikel über starke Frauen und die Kraft der Gemeinschaft.«

Reyanna betrachtete Lana, als ob ihr Hörner aus dem Kopf gewachsen und Flecke auf der Brust erschienen wären. »Ich glaube, da war etwas im süßen Tee, den Sie getrunken haben.«

»Süßer Tee ist ein Getränk der Südstaaten.«

Reyannas Lippen formten ein kleines O. Der Kaffeebecher schwebte unter ihrer Unterlippe. »Und?«

»Montana liegt im Mittleren Westen.«

»Wie auch immer.« Reyanna setzte den Becher ab und wühlte in ihren Papieren. Als sie gefunden hatte, was sie suchte, gab Sie Lana die Dokumente.

»Was ist das?«, fragte Lana.

»Die Beförderung. Die Stelle gehört Ihnen.«

Lana blickte auf die Papiere. Es war ein Vertrag. Ganz oben über dem Juristenblabla stand in fetter Schrift ihr neuer Titel, Feuilletonistin. Daneben stand ein fünfstelliger Betrag, der näher an sechs

Stellen war, als sie zu hoffen gewagt hatte. Genau dafür hatte sie gearbeitet.

»Ich brauche Sie für die neue Story.« Reyanna ergriff wieder ihren Becher und trank einen Schluck. »Es geht um Betsy Blade, diesen Reality-star, der aus der Reha kommt.«

Lana kannte die Frau. Sie war im Fernsehen, seit sie sich als Kind in Talentshowkreisen bewegt hatte. Die Öffentlichkeit war ihrem Beziehungsleben, ihren Trennungen und jetzt auch ihrem Zusammen-bruch gefolgt. Wenn man den Berichten Glauben schenkte, war Betsey jetzt auf dem Weg nach oben, vielleicht sogar ganz nach oben.

»Sie wollen einen Exklusivartikel darüber, wie sie ihr Leben in den Griff bekam?«, fragte Lana.

»Nein.« Reyanna trank den letzten Tropfen des Kaffees und warf den Becher in den Müll. »Ich will, dass Sie da sind, wenn sie wieder in die Flasche kriecht. Unsere Leser werden das lieben.«

Lana legte die Papiere auf die Kante des Schreib-tischs. Ein leichter Luftzug würde genügen, den Arbeitsvertrag in den Mülleimer direkt auf den leeren Kaffeebecher zu befördern.

»Sie müssen dafür am Wochenende hier sein«, sagte Reyanna. »Ich bin mir sicher, dass das kein Problem sein wird.«

»Ich kann an diesem Wochenende nicht.«

»Was soll das heißen, Sie können nicht?«

»Ich werde heiraten.«

Reyannas Augenbrauen zogen sich zusammen. »Ich dachte, sie wären schon verheiratet.«

Ja, Lana hätte längst verheiratet sein sollen. Vor einem Jahr hätte sie an einem ebensolchen Wochenende bei der Hochzeit auftauchen sollen. Und auch heute Morgen hätte sie Mac nicht verlassen sollen.

»Ich werde am Samstag heiraten.« Lana stand auf. »Und ich werde den Vertrag nicht unterzeichnen. Ich reiche meine Kündigung noch vor Ablauf des Tages ein.«

Lana machte sich nicht die Mühe, Reyanna eine Erklärung anzubieten. Sie glaubte nicht, dass die Redakteurin den Blickwinkel ihrer Liebesgeschichte mit Mac verstehen würde. Ebenso wenig machte Lana sich die Mühe, ihren Schreibtisch auszuräumen. Er enthielt nichts, was sie brauchte. Sie hatte keine Ahnung, wo sie einen neuen Job als Reporterin herbekommen sollte, doch sie wusste mit Sicherheit, dass Sensationsmacherei nicht ihr Weg war, Geschichten zu erzählen. Irgendwie würde sie einen Weg finden. Mit Mac zusammen würde sie ihn finden.

Sie fuhr kurz zu ihrem Zuhause, packte aber nur

eine Sache ein. Sie konnte sich den Rest nachsenden lassen, sobald sie sich auf der Ranch eingelebt hatte. Dann buchte sie den nächsten Flug zurück.

Sie konnte es nicht erwarten, Mac alles zu erzählen. Sie konnte es nicht erwarten, ihn zu sehen und zu küssen. Sie konnte es nicht erwarten, den Rest ihres Lebens mit ihm zu verbringen.

KAPITEL ZWEIUNDZWANZIG

Die Sonne schien auf den Pavillon herab. Er lag am See, der sowohl an die Purple Heart Ranch als auch an die Vance Ranch grenzte. Um den Aufbau des Pavillons waren Blumen in zartrosa und in der Farbe vollreifer Pflaumen geflochten. Sie waren am Vorabend angekommen, und Mac hatte am Morgen die Arrangements abgeschlossen. Die Stühle waren aufgestellt, der Altar errichtet und geschmückt. Was jetzt noch fehlte, war die Braut.

Fast achtundvierzig Stunden waren seit Lanas Abreise vergangen, und sie hatte bisher nicht angerufen. Sie hatte auch keine Textnachricht mehr geschickt, seit sie gelandet war. Das war vor zwei

Tagen gewesen. Jetzt steckte Macs Handy rastlos und stumm in seiner Gesäßtasche.

Mac stand vor dem Pavillon, in dem sie später am Nachmittag getraut werden sollten. Er neigte das Gesicht der Sonne entgegen und versuchte, die Flashbacks vom letzten Mal mit demselben Dilemma wegzublinzeln.

Vielleicht würde die Sonne das hinbekommen. Das grelle Licht blich die Erinnerungen an jenen Tag aus. Die Sonnenstrahlen glitten an seiner Kehle entlang und hinterließen ein hohles Gefühl in seiner Brust. Mac fühlte sich trotz ihrer Wärme taub.

An seinem ersten Hochzeitstag hatte Mac Zeit gehabt, den Leuten zu sagen, dass Lana nicht kommen würde. Dieses Mal hatte er dafür nur Stunden. Er bewegte sich nicht. Es brauchte ein paar Minuten, die Erkenntnis sacken zu lassen.

Sie würde nicht kommen.

Die Sonne stand jetzt höher am Himmel. Eine leichte Brise hatte eingesetzt. Der Himmel war ein wenig bewölkt. Es sah nach Regen aus.

Und noch immer schwieg das Telefon. Kein Wort. Schon wieder.

Sie würde nicht kommen.

Ein Teil von Mac sorgte sich, dass ihr etwas passiert sein könnte. Lag sie irgendwo verletzt?

Aber in seinem Herzen wusste Mac, dass Lana okay war. Er spürte in seinem Herzen, dass sie erneut ihre Entscheidung getroffen hatte.

Sie würde nicht kommen.

Mac würde nicht auf sie warten. Er konnte nicht länger darauf hoffen, dass die Dinge beim nächsten Mal, wenn er ihr nachjagte, anders liegen würden, denn alles war beim Alten geblieben. Er stand vor dem Altar, und sie würde nicht kommen.

»Oh, Sie sind aber schon früh da«, sagte Pastor Vance.

Mac war nie ein besonders religiöser Mensch gewesen. Klar, er ging an den hohen Feiertagen in die Kirche, wenn er seine Familie besuchte. Er hatte im Sommer mit seinen Großeltern jeden Sonntag in der Kirchenbank gesessen. Aber abgesehen davon hatte er wenig bis gar nichts mit Pastoren zu tun.

Pastor Vance war anders. Zum einen waren sie im selben Alter. Er hatte noch alle Haare und Zähne und verbrachte seine Zeit nicht damit, mit Missbilligung auf Mac herabzuschauen oder ihn anzuschreien. Auch war nicht jedes zweite Wort aus Walters Mund ein Gebet oder ein biblisches Zitat, wenn er die schwarze Bibel in der Hand hielt. Der Mann war bodenständig. Er war praktisch veranlagt und der geduldigste Mensch, dem Mac je begegnet war. Es war eine Schande, dass er Macs Gelübde nicht abnehmen würde.

»Ich glaube nicht, dass es heute eine Trauung geben wird«, gestand Mac. »Es sieht so aus, als hätte ich meine Braut verlegt«, versuchte er zu scherzen.

Vance schürzte die Lippen. Er holte tief durch die Nase Luft und betrachtete die purpurnen und rosafarbenen Verzierungen des Pavillons.

»Ich glaube nicht, dass Lana heiraten will«, fügte Mac hinzu.

»Nicht?«, fragte Vance. »Für mich sah das am Abend, als sie Ihnen den Antrag machte, aber ganz danach aus.«

Für Mac hatte es auch so ausgesehen. Er hatte geglaubt, dieses Mal alles richtig gemacht zu haben. Er hatte sie nicht gedrängt. Er hatte ihr die Führung überlassen. Wie also konnte es sein, dass er wieder allein vor dem Altar stand?

»Geht es um den Artikel, den sie geschrieben hat?«, fragte Pastor Vance.

Mac antwortete nicht. Er hatte den ursprünglichen Artikel gelesen, dessen Entwurf voller Falschinformationen und Halbwahrheiten gewesen war. Als er jene Worte gesehen hatte, hatte Mac befürchtet, dass Lana zu einer Fremden geworden war, die er nicht würde respektieren können.

Dann hatte er die zweite Fassung gelesen. In den verwendeten Bildern und Metaphern über Stärke und Mut hatte er die Frau wiedergefunden, die er liebte, die Journalistin, die einmal Preise gewinnen würde. Die Schriftstellerin, die sie sein wollte. Doch wenn diese Überarbeitung ihr nicht die Beförderung einbrachte, würde sie dann zur ursprünglichen Fassung zurückkehren?

»Ich glaube nicht, dass eure Geschichte vorbei ist«, meinte Pastor Vance. »Außerdem habe ich eine Wette darauf abgeschlossen, dass die Hochzeit heute stattfinden wird.«

Mac wollte lachen, doch seine Brust fühlte sich zu beengt an. Die Tippgemeinschaft, wer in dieser Stadt wann heiraten würde, war eine große Sache. Mac fragte sich, wie die Wetten auf ihn und Lana gestanden hatten. Wie die Chancen auch immer aussahen, Pastor Vance würde heute nicht gewinnen.

Er blickte umher, auf die Dekorationen, auf seine Pläne. Er hatte die Hochzeit seiner Träume feiern wollen. Am Ende des Tages war ihm jedoch nur eines wichtig gewesen, dass seine Traumfrau an seiner Seite stand. Sein Herz schmerzte bei dem Gedanken, denn er wusste, dass er all das noch einmal ertragen würde, wenn Lana ihm auch nur den leisesten Fingerzeig darauf geben würde, dass sie zusammen sein könnten.

Lana Hunt war ein Teil von ihm, Teil seines Herzens und Teil seiner Seele. Es würde nie eine andere Frau für ihn geben.

Die Sonne hatte den höchsten Punkt am Himmel erreicht. Die Gäste würden bald eintreffen, und sie hatte noch immer nicht angerufen.

Weil sie nicht kommen würde.

KAPITEL DREIUNDZWANZIG

Kaum waren die Anschnallzeichen erloschen, schoss Lana aus ihrem Sitz. Sie hatte keine Zeit dafür, bis zehn zu zählen und zu warten, bis das Kind neben ihr aus seinem Sitz gewackelt war. Sie hatte auch nicht die Geduld für tiefe Atemzüge, als die Frau in anderen Umständen auf der anderen Seite des Gangs umständlich aufstand.

Von ihrem Mittelplatz in der Economy-Klasse wollte Lana laut herausschreien, dass heute ihr Hochzeitstag war und dass sie zu spät kommen würde, obwohl das für alle bereits offensichtlich sein sollte. Lana hatte in ihrem Zuhause vorbeigeschaut und nur eine Sache mitgenommen, das Hochzeitskleid von vor einem Jahr. Vom achtstündigen Sitzen auf dem Mittelplatz war es nun ziemlich zerknautscht.

Als sie das Flugzeug am vergangenen Abend betreten hatte, war der Flug dreißig Minuten nach dem Start wegen der Herzattacke eines Passagiers umgeleitet worden. Sie hatten danach auf dem Rollfeld stundenlang auf die Freigabe zum Weiterflug warten müssen, nur um dann auf dem Weg zur Startbahn in ein mechanisches Problem zu laufen. Also war es zum Terminal zurückgekehrt. Alle Passagiere hatten das Flugzeug verlassen müssen. Zu jenem Zeitpunkt hatte ihre Handybatterie längst den Geist aufgegeben. Sie hatte in ihrer Tasche nach dem Ladegerät gesucht, doch es war nicht dort gewesen. Hatte sie es überhaupt eingepackt, als sie das Motel verlassen hatte? Sie wusste, dass sie ein Ersatzladegerät in ihrem Schreibtisch beim *Chatter-Zine* verstaut hatte, doch der gehörte ihr nun nicht mehr.

Im wartenden Flugzeug hatte Lana die Entscheidung getroffen, als Freelancer zu arbeiten. Entweder würde sie Storys schreiben, die etwas bedeuteten, oder sie würde überhaupt nicht schreiben. Und genau jetzt war sie sich sicher, dass dann ihr erster Bericht ein vernichtendes Stück über die Risiken im nationalen Flugverkehr sein würde.

Der neue Tag war bereits angebrochen, als sie endlich ihren nächsten Flug gebucht hatte. Die Geschäfte für Handyladegeräte hatten gerade die Türen geöffnet, als ihr Flug ausgerufen wurde. Bei der Abwägung zwischen Ladegerät und dem gebuchten Flug gewann letzterer.

Mac würde auf sie warten. Er wartete immer auf sie. Und sie würde zu ihm kommen, auch wenn es verdammt knapp wurde.

Auf halber Flugstrecke war Lana aufgestanden und über das zappelnde Kind geklettert. Sie hatte ihren Koffer aus der Ablage über den Sitzen geholt und war auf die Flugzeugtoilette gegangen. Wenn sie erst einmal gelandet waren, würde sie keine Zeit mehr dafür haben, also zog sie sich für die Rolle ihres Lebens um.

Das ganze Flugzeug hielt inne und starrte sie an, als sie in ihrem Hochzeitskleid erschien.

Als Reporterin hatte Lana immer versucht, im Hintergrund ihrer Storys zu bleiben. Sie wollte, dass die Fakten brillierten, doch heute war Fakt, dass sie den Mann heiratete, den sie seit mehr als der Hälfte ihres Lebens liebte. Heute schrieb sie endlich die Story, für die sie bestimmt war.

Wenn sie bloß endlich aus dem blöden Flugzeug rauskäme.

Mit dem Koffer im Schlepp rannte Lana auf ihren Pumps durch den Ankunftsbereich. Schließlich erreichte sie das Parkhaus, wo sie ihren Mietwagen gelassen hatte. Das Handy war immer noch tot, und die Zeit lief tickend weiter.

Sie wusste, dass Mac außer sich sein würde. Sie konnte nur hoffen, dass ihre Liebe stark genug war und er fest genug an Lana glaubte, um noch eine weitere Stunde zu warten.

Lana stieg in ihren Wagen und raste aus dem Parkhaus und weiter auf den Highway. Die Fahrt zur Ranch dauerte nicht lang. Schon bald verjüngte sich der Highway zu einer Landstraße, die durch Weideland führte, soweit das Auge reichte. Der Anblick war nicht mit dem Beton der Stadt zu vergleichen, in der sie noch vor zwei Tagen gewesen war. Etwas kam in Lana zur Ruhe, als sie durch die grüne und braune Landschaft brauste. Da war zwar noch immer das Gefühl der Dringlichkeit, zu Mac zu gelangen, doch das Gewicht, das auf ihre Schultern gedrückt hatte, versank im Sitz.

Ein paar Meilen weiter sah sie den Wegweiser zur Purple Heart Ranch. Sie fuhr durch das Tor, das sie willkommen hieß, vorbei an den pastellfarbenen Blumen, die in voller Blütenpracht standen. Sie fuhr den Wagen den unbefestigten Weg entlang zum

Pavillon, unter dem sie mit dem Mann, ohne den sie keine Sekunde ihres Lebens mehr verbringen konnte, Gelübde austauschen würde. Sie hatte dort eine kleine Menschenmenge erwartete, sah dort jedoch nur Keaton und Grizz beim Abnehmen der Dekorationen.

»Aufhören«, rief Lana, sobald sie aus dem Wagen ausgestiegen war.

Die beiden Männer starrten sie mit offenen Mündern an. Dann blickten sie einander an. Zuerst hob Keaton die Augenbrauen, als formten sie eine Frage. Zur Antwort schnitt Grizz eine Grimasse und senkte eine Braue. Um sie herum hingen die purpurnen und rosafarbenen Luftschlangen, die sie gerade abnehmen wollten, saft- und kraftlos herunter.

»Warum schaut ihr mich so überrascht an?« Lana wartete nicht auf eine Antwort. »Wo sind alle? Wo ist Mac?«

»Mac ist zurück auf der Ranch und packt«, erwiderte Keaton.

»Er packt?«, wiederholte Lana. »Um wohin zu gehen?«

Keiner der Männer antwortete. Sie tauschten nur einen jener sprechenden Blicke miteinander aus.

»Wir sollten jetzt heiraten«, sagte Lana.

»Dafür bist du ein wenig spät dran.« Keaton kletterte von der Leiter. »Wir dachten, du kommst nicht. Kannst du uns das verübeln?«

»Werdet ihr beiden mich das jemals vergessen lassen?« Lana blickte zwischen den beiden besten Freunden hin und her. Sie hatte diese Auseinandersetzung nie mit ihnen geführt. Jetzt war ein so guter Zeitpunkt wie jeder andere. »Ihr zwei wisst, wie er ist. Seine Eltern haben ihm den Namen Mac nicht umsonst gegeben. Wenn er etwas umbedingt haben will, verhält er sich genauso stur wie ein Mack Truck.«

»Niemand hat dich gezwungen, Lana«, erwiderte Grizz.

»Nein«, stimmte Lana zu. »Das ist genau der Punkt. Ich musste darum kämpfen, in unserer Beziehung mitbestimmen zu können. Mac hat entschieden, dass wir Freunde sein würden, und dann, dass wir uns verabreden und heiraten. Er raste einfach voran, und von mir wurde erwartet, dass … ja, was? Dass ich ruhig dasitze und die Fahrt genieße?«

Die beiden Männer teilten einen weiteren jener Blicke, doch dieses Mal hob keiner fragend die Augenbrauen, beiden schürzten die Lippen, als sie sich ansahen. Als ob sie tatsächlich gehört hätten, was Lana zu sagen hatte.

»Ich habe zu Mac so oft Nein gesagt, weil ich noch nicht so weit wie er war.«

»Aber heute bist du es?«, fragte Grizz.

Jetzt war Lana an der Reihe, die Augenbraue zu heben. Um sicherzustellen, dass sie ihren Standpunkt verstanden, schürzte sie ihre Lippen und nickte entschieden.

Grizz ließ die Schultern sinken.

Keaton war jedoch noch immer angespannt. »Was ist mit deinem Job?«

»Man hat mir eine Beförderung angeboten«, sagte Lana. »Aber sie haben mich in eine Richtung gedrängt, in die ich mit meinen Storys nicht gehen will. Daher habe ich gekündigt.«

Als Lana aufblickte, sah sie etwas, das sie nicht für möglich gehalten hatte. Grizz Mund war zu einem seltenen Lächeln verzogen. Keaton rieb sich das Kinn mit einem nachdenklichen Ausdruck auf dem Gesicht, nicht wirklich ein Lächeln, aber nahe daran.

»Na los«, sagte er. »Wir fahren dich.«

KAPITEL VIERUNDZWANZIG

Mac betrachtete seine Reflektion. Der Mann, der ihm aus dem Spiegel entgegenblickte, sah müde aus, aber auch entschlossen. Hinter ihm erspähte er das Smokingjackett, das er für die heutige Trauung ausgesucht hatte. Anstatt das Jackett in den Koffer zu werfen, der offen auf dem Bett lag, schob er es in eine Tasche für Kleiderspenden, zusammen mit dem Hemd, der Krawatte und den Hosen, die er heute hatte anziehen wollen. Es war unwahrscheinlich, dass er diese Dinge jemals wieder tragen würde.

Er setzte die Tasche mit der Kleidung neben dem Mülleimer ab. Auf dem Nachttisch lag das Buch für die Hochzeitsplanungen, das er schon viele Jahre besaß. Das Buch war auf der Seite mit den Mustern und Farben geöffnet, die er bereits vor langer Zeit ausgewählt hatte. Rosa und Purpur passten einfach am besten zu Lana und ihm, zwei Sachen, von denen jeder annahm, dass sie nicht zueinander passten, aber die sich, nebeneinandergestellt, doch wunderbar ergänzten.

Mac schloss das Buch. Es war benutzt, daher konnte er es nicht spenden. Stattdessen ließ er das nun nutzlose Buch in den Mülleimer fallen.

Was sich zwischen diesen Buchdeckeln befand, war nicht länger von Belang, nachdem die Frau, die sein Herz gestohlen hatte, nicht an der zugehörigen Story interessiert war. Mac hatte schließlich die Faktenlage erkannt. Lana Hunt zu etwas zu drängen, für das sie nicht bereit war, war der sichere Weg in eine Katastrophe. Das Einzige, das jemals bei ihr funktioniert hatte, war, zu warten, bis sie bereit war.

Seufzend schloss Mac den Koffer. Er hatte mehr als die Hälfte seines Lebens damit verbracht, auf diese Frau zu warten. Er bezweifelte nicht, dass er auch den Rest seines Lebens warten würde. Das war die einzige Option, denn er wusste, dass er sie jeden Tag, den er auf dieser Erde verbringen würde, lieben würde.

Ein Geräusch, als ob jemand gegen die Glasscheibe pochte, holte ihn aus seinen Gedanken. Mac blickte zuerst in den Spiegel vor ihm. Er musste ein paarmal Blinzeln, um sich zu versichern, dass er sah, was er zu sehen glaubte. Und als er herumwirbelte und aus dem Fenster blickte, traute er seinen Augen kaum, denn dort stand sie. Lana stand vor seinem Fenster. Ihre Haare glichen einem Vogelnest und waren ein Desaster. Das Makeup war an den Augen-rändern verschmiert. Die Wangenpartie unter den Augen war geschwollen, als hätte sie die ganze Nacht nicht geschlafen, doch all dies verblasste im Vergleich zum auffälligsten Detail.

Lana kletterte über die Fensterbrüstung – in einem Hochzeitskleid. Es war nicht irgendeines, sondern genau jenes, das sie gemeinsam im letzten Jahr ausgesucht hatten. Und, obwohl ihr Haar und ihr Makeup eine einzige Katastrophe waren, sah sie atemberaubend schön aus.

»Hi«, sagte sie außer Atem.

»Hey«, sagte er. Mac hatte Schwierigkeiten, überhaupt Worte herauszubringen. Seine Augen waren so weit aufgerissen, dass er den Mund kaum aufbekam.

»Kann ich reinkommen?«, fragte sie.

Die Frage war rein rhetorisch, da sie bereits mitten im Zimmer stand. Mac brachte ein Nicken zustande, keines Wortes fähig. Er hatte gedacht, dass sie nicht kommen würde. Er hatte geglaubt, dass die Hochzeit abgesagt wäre. Doch sie stand vor ihm, am Tag der zweiten Hochzeit, und sah dabei atemberaubend zerzaust aus in dem Kleid, das für die erste Hochzeit gedacht gewesen war.

»Ich bin spät dran«, sagte sie.

Mac konnte wieder nur nicken.

»Ich hätte dich angerufen, aber da war ein Herzanfall und kein Ladegerät, und dann ging das Flugzeug kaputt.«

Die Worte aus ihrem Mund ergaben keinen Sinn, doch das machte nichts. Mac konnte seinen Blick nicht von ihrem Mund abwenden. Als sie zu reden aufhörte, fragte er sich, ob er sie küssen durfte. Die Zeichen deuteten auf wahrscheinlich, da sie im Hochzeitskleid an ihrem Hochzeitstag durch sein Fenster geklettert war.

Lana rang die Hände und kaute auf ihrer Unterlippe herum. Ihr Daumen fuhr immer wieder über den Verlobungsring an ihrem Finger. Sie wirkte besorgt und verunsichert, zwei Dinge, die Mac mit dieser starken Frau sonst nicht in Verbindung brachte.

»Du gehst weg?«, fragte sie.

Mac blinzelte. Er nahm den Blick von ihren

Lippen und sah ihr in die Augen. Lana sah ihn gar nicht an. Sie blickte hinter ihn, auf den Koffer auf seinem Bett.

»Ja«, sagte er.

»Mac, bitte du das nicht.« Ihr Gesicht verzog sich, Tränen glitzerten in den Augenwinkeln.

Sofort zog Mac sie in seine Arme. Das Schluchzen, das sich ihren Lippen entrang, durchbohrte sein Herz. Er schob Lana unter sein Kinn, so dass ihre Wange auf seiner Brust ruhte. Ein Klicken ertönte in seinem ganzen Körper, das Mac als das Geräusch von Zahnrädern erkannte, die ineinandergriffen, aber nicht wie die einer Uhr, die ihn zur Eile drängte. Er würde Lana alle Zeit der Welt geben, alle Zeit, die sie brauchte, bis sie bereit war, bei ihm zu bleiben.

»Bitte gib mich nicht auf, Mac.«

Aufgeben? Sie? Woher kam dieser Gedanke?

»Ich habe gekündigt. Ich habe beim *ChatterZine* gekündigt.«

»Warum hast du das getan?«, fragte er. »Du hast den Job geliebt.«

»Nein, ich liebe dich«, sagte sie. »Ich habe das vielleicht ein wenig spät erkannt. Ich bin den Storys anderer Leute schon so lange nachgejagt, dass ich vergessen habe, innezuhalten und mein eigenes

Leben zu beachten. Du bist es. Du bist meine Story. Mein Anfang, meine Mitte und mein Ende. Die Tatsachen in meinem Leben ergeben ohne dich keinen Sinn.«

Macs Lider senkten sich, als er die Wahrheit in Lanas von Herzen kommendem Geständnis vernahm. Sein Mund stand offen. Er hatte immer noch Schwierigkeiten, zusammenhängende Sätze zu formulieren.

Lana schob ihn von sich und sah aus tränenerfüllten Augen zu ihm auf. »Bitte geh' nicht. Bleib hier, und gib mir noch eine Chance.«

Mac hob die Hand und wischte die Spuren der Tränen aus ihrem Gesicht. Seine Finger zitterten dabei. »Ich wollte die Ranch verlassen, um zu dir zu kommen.«

Lana blinzelte. Dann blinzelte sie noch einige Male mehr, als würden die Worte keinen Sinn ergeben. »Du wolltest zu mir kommen?«

»Aber natürlich. Ich komme immer zu dir.«

Sie blinzelte noch ein paar Mal, jedoch langsamer als zuvor, als würde ihr jetzt alles klar werden. Dann griff sie ohne Vorwarnung nach seinem Kopf und zog ihn zu ihren Lippen herab.

Lanas Kuss war fordernd und würde schmerzhafte Spuren hinterlassen. Mac hatte kein Problem damit, sich ihrer Führung zu überlassen. Er würde dieser Frau bis ans Ende der Welt folgen.

»Willst du mich immer noch heiraten?«, fragte sie atemlos, als sie zum Luftholen auftauchten.

»Ich habe es dir gesagt, als wir sechs waren: Lana Hunt, du bist die einzige Frau für mich.«

Sein Lächeln strahlte so hell, dass es die Tränen in ihren Augen trocknete. Sie nickte. Ihr Ton wurde geschäftsmäßig. Sie trat von ihm zurück und griff in ihr Haar, wo sie normalerweise ihren Stift verstaute. Als sie dort nichts fand, sah sie sich im Raum um.

»Wir können damit anfangen, unsere dritte und letzte Hochzeit zu planen.« Sie fand einen Bleistift-stummel und eine alte Quittung auf dem Nachttisch. »Wir können sie so groß und grandios gestalten, wie du willst, mit vielen Leuten. Wir werden keine Kosten scheuen, und ich werde an deiner Seite sein und jede Farbe, jedes Gedeck, einfach alles mit dir planen.«

Mac nahm den Stift und den Zettel aus ihrer Hand. »Wir brauchen kein neues Datum. Wir können das jetzt tun.«

»Keaton und Grizz haben doch die Dekorationen bereits abgebaut und ...«

»Das ist egal«, sagte er. »Alles, was wichtig ist, ist das Versprechen, das wir voreinander ablegen, dass wir für den Rest unseres Lebens füreinander da sein wollen.«

Lana lehnte ihre Stirn gegen Macs. Sie seufzte tief und zufrieden. »Das verspreche ich.«

»Ich verspreche dir das auch.« Mac beugte den Kopf und besiegelte den feierlichen Schwur mit einem sanften Kuss. »Aber ich möchte das offiziell machen, also …«

Mac entzog sich ihr und ging ein paar Schritte zur Schlafzimmertür. Er drückte die Klinke herunter, bereit dazu, die Treppe hinunterzurufen, doch als er die Tür öffnete, sah er, dass es nicht nötig war.

Brenda und Keaton, Patty und Grizz, Porco, Rusty und Spinelli standen im Flur. Dahinter erspähte Mac Pastor Vance, der mit der Bibel in der Hand am Geländer lehnte.

»Pastor Vance, Sie sagten, wenn wir sie brauchen …«

Der Pastor trat mit einem erwartungsvollen Lächeln nach vorne. »Es hörte sich für mich so an, als hätten sie den wichtigsten Teil schon erledigt. Ich hätte kein besseres Gelübde schreiben können. Alles, was ich noch tun muss, ist, sie zu Mann und Frau zu erklären.«

Mac drehte sich zu Lana in ihrem zerknautschten Hochzeitskleid um. Er war barfuß in Jeans und T-Shirt. Es mochte nicht die Hochzeit gewesen sein, die er geplant hatte, aber sie erfüllte alle seine Träume.

∾

Falls Sie Mitglied der Gruppe **Shanaes Leser** *werden wollen, registrieren Sie sich bitte hier: https://shanaejohnson.com/DeutscheLeser*

www.ingramcontent.com/pod-product-compliance
Lightning Source LLC
Chambersburg PA
CBHW051822150726
47998CB00001B/248